8 - 9 ans
CE2 au **CM1**

W0200924

conforme au programme

ENQUÊTES en vacances

AUZOU éducation

Suis les aventures de Tom et Lily, accompagnés de Palin, leur fidèle lapin.

Arrivés en Corse pour passer des vacances inoubliables, ils vont vite se trouver confrontés à de redoutables énigmes qu'ils devront résoudre.

Heureusement, ils savent qu'ils peuvent compter sur toi pour leur venir en aide.

Pour résoudre les enquêtes, tu auras besoin de ta loupe magique pour révéler des indices dans les zones cachées en rouge !

Conception et réalisation : Antartik

Illustrations : Alice Turquois

Graphiste (loupe magique) : Géraldine Thomas

Rédaction : Dorothée Lelong

Relecture : Serge Herreman et Christopher Palfreyman (professeurs des écoles), Judith Nouvion, Dorothée Rouffiac, Aurore Meyer

Photos : Shutterstock

24-32 rue des Amandiers, 75020 Paris – France

Loi n°49-956 du 16 juillet 1949 sur les publications destinées à la jeunesse, modifiée par la loi n° 2011-525 du 17 mai 2011.

Dépôt légal : mai 2022. Imprimé en Chine. Printed in China.

SOMMAIRE

ENQUÊTE 1

Où se trouve le bateau ?

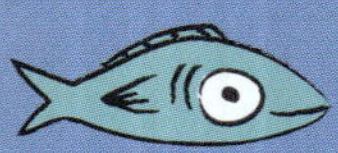

C'est le premier jour des vacances ! Tom a rejoint sa cousine Lily en vacances. La maman de Lily est partie faire des courses et a laissé un petit mot aux enfants.

Coucou les enfants !

Tom, bienvenue en Corse. Lily est très contente de te retrouver, comme chaque été, pour les grandes vacances. Pour notre premier jour, je vous ai réservé une incroyable surprise. Nous allons monter sur un navire pour effectuer une plongée sous-marine. Ensuite, ce sera deux mois d'aventures et d'amusement pour passer de superbes vacances. Il faudra être futé et bien raisonner, car parfois les vacances sont moins reposantes que prévu. On se retrouve sur le bateau « cinq-mille-quatre-cent-quatorze ».

À tout à l'heure !

1 FRANÇAIS

— Tu as compris tout ce que ta maman nous a écrit ? demande Tom à Lily. Moi, il y a plein de mots que je ne suis pas sûr de comprendre… Je les ai soulignés. Tu m'aides, Lily ?

Associe chaque mot souligné dans le texte à son synonyme, puis indique s'il s'agit d'un nom (N), d'un verbe (V) ou d'un adjectif (A).

heureuse : contente → A

extraordinaire : merveilleu → A

bateau : voilié → N

embarquer : [illegible] → V

malin : ruse → N

réfléchir : comprendre → V

2 FRANÇAIS

Ravi à l'idée de faire du bateau, Tom ne perd pas une minute et décide d'appeler sa maman, pour la prévenir. Malheureusement, il y a des interférences et la communication n'est pas bonne.

Entoure en vert le sujet, en rouge le verbe et en bleu ce que l'on peut supprimer dans chaque phrase de sa conversation téléphonique.

1. Je suis arrivé chez Lily.
2. Palin est content de la revoir.
3. Elle a préparé une surprise.
4. Je rappellerai dans quelques jours.

3 QUESTIONNER LE MONDE

En route pour le port ! En chemin, Tom, qui habite en Normandie, explique à Lily le trajet qu'il a suivi pour la rejoindre.

Réponds aux questions suivantes pour aider Tom à raconter son trajet.

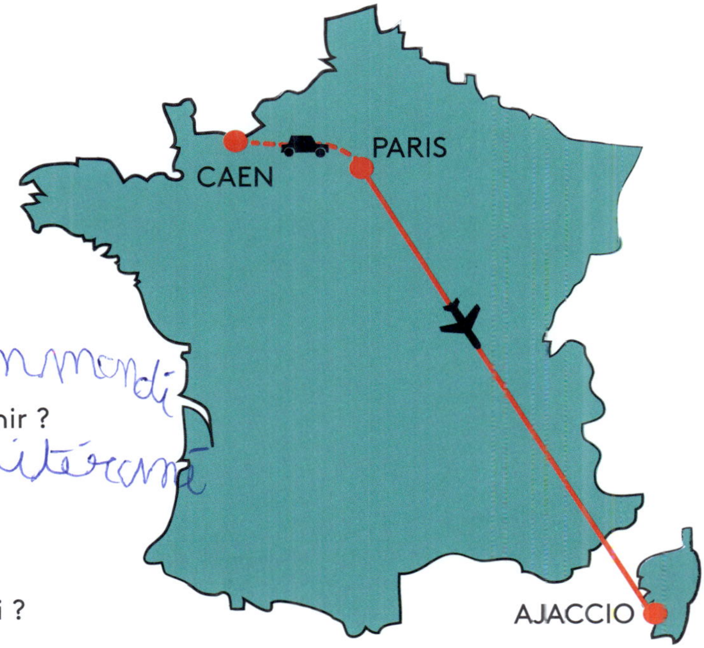

- Dans quelle région habite Tom ?
  Il habite en Normandi
- Quelle mer Tom a-t-il traversée pour venir ?
  ~~Paris~~ le mer méditérané
- Quelle est la capitale de la France ?
  Paris
- Comment s'appelle l'île où Tom a atterri ?
  Ajaccio

4 MATHS

Au port, Tom et Lily découvrent les très nombreux bateaux amarrés. Lily remarque une série de nombres gravés sur les coques.

— Regarde, Tom, avec ces indications, on devrait trouver le bon bateau !

Aide Lily à lire le nombre sur le bateau.
Décompose chaque nombre du tableau selon le modèle, puis écris-le en lettres.

8 850	8 m 8 c 5 d 0 u	Huit-mille-huit-ce
295	- m 2 c 9 d 5 u	deux-cent-quatre-vi
42	- m - c 4 d 2 u	quarantedeux
5 414	5 m 4 c 1 d 4 u	cinq-mille-quatre-cent
4170	4 m 1 c 7 d 0 u	quatre-mille-cent soixante-di

— C'est celui-ci ! s'exclame Tom. L'aventure nous attend !

Et toi ? As-tu trouvé sur quel bateau la maman de Lily attend les enfants ?
Dévoile les numéros des bateaux avec ta loupe magique et entoure le bon.

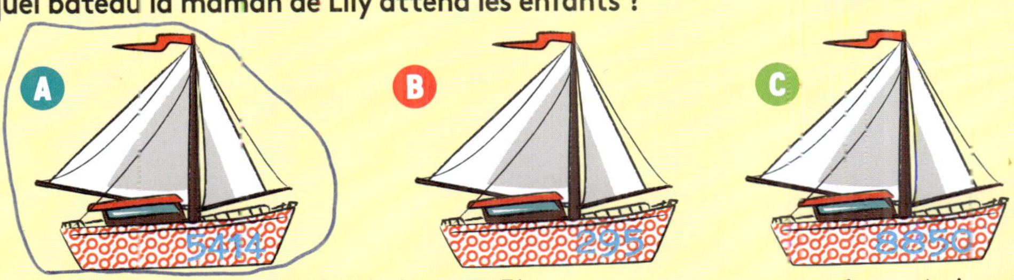

BRAVO ! Grâce à toi, Tom et Lily ont pu identifier le bateau. Ils vont passer une super journée !

Vite, un déguisement !

Aujourd'hui, dans le village, il y a une fête costumée.

— Vite, il nous faut absolument des costumes ! dit Lily.

Les cousins se baladent sur le bord de mer, à la recherche d'une boutique de costumes ouverte. Ils demandent conseil à un musicien.

1 FRANÇAIS

— Vous avez de la chance, dit le musicien, ma femme tient un magasin de costumes ! Vous la trouverez sur la place du village.

Il leur décrit son costume, mais, avec la musique, les enfants n'entendent pas bien…

Complète les phrases en accordant correctement les adjectifs pour découvrir comment est déguisée la femme du musicien.

Ma femme a des cheveux (blond) blonds. Elle porte de (joli) jolies ailes avec des plumes (vert) vertes. Elle a des chaussures (blanc) blanches avec des fleurs (bleu) bleus.

Arrivés sur la place, Tom et Lily repèrent la femme du musicien.

— Allons à ma boutique, on va vous trouver quelque chose, dit la femme.

2 FRANÇAIS

Une fois dans la boutique, Tom et Lily ne savent pas quoi choisir.

— Tout est magnifique, dit Lily.

— Désolée pour les fautes sur les étiquettes. Je veux bien un peu d'aide pour les corriger, demande la femme.

Ajoute les accents manquants : aigu, grave, tréma ou circonflexe sur les étiquettes.

echarpe etoilee

oreilles d'ane

chapeau a tete de mort

bottes de Pere Noel

3 MATHS

— Zut ! J'ai oublié de faire ma caisse avant de fermer. Vous voulez bien m'aider ? On ira plus vite à trois !

Effectue les opérations suivantes pour aider Lily et Tom à calculer combien il y a dans la caisse.

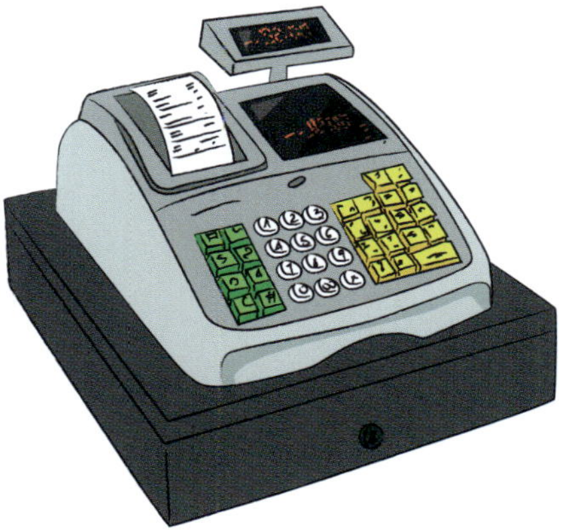

	OPÉRATIONS	RÉSULTAT
Pièces de 2 euros	7 × 2 =	14
Billets de 10 euros	28 × 10 =	128
Billets de 100 euros	30 × 100 =	1300
	Total	1342

— Merci, les enfants ! Pour vous remercier, vous pouvez choisir le costume qui vous plaît.

Lily opte pour un costume de pirate et Tom enfile un déguisement de super-héros.

4 FRANÇAIS

En fouillant dans son costume de pirate, Lily trouve une poche secrète, qui contient un parchemin !

NPO CBUFBV B DPVMF BWFD MB DBSUF
MON BATEAU A COULE AVEC LA CARTE.
EF NPO USFTPS. KF QBSUBHFSBJ MF
DE MON TRESOR. JE PARTAGERAI LE
CVUJO BWFD DFMVJ RVJ N'BJEFSB
BUTIN AVEC CELUI QUI M'AIDERA
B MB SFDVQFSFS.
A LA RECUPERER

— Tu comprends ce qui est écrit, Lily ?

— C'est un message crypté ! Les pirates utilisaient un code pour communiquer entre eux !

Pour décrypter le message, remplace chaque lettre par la lettre précédente de l'alphabet :
B = A, C = B, D = C, etc.

— Une carte au trésor dans un navire coulé ! Je sais ce qu'il nous faut pour le retrouver, s'écrie Tom.

Et toi ? Sais-tu ce dont vont avoir besoin Tom et Lily pour récupérer le trésor ? Dévoile les équipements avec ta loupe magique et entoure le bon.

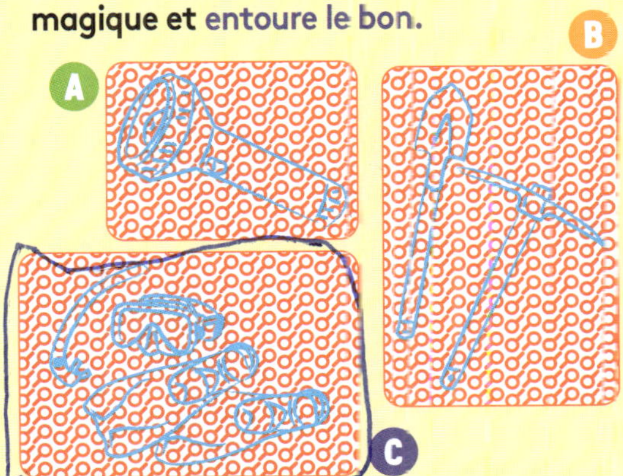

BRAVO ! Grâce à toi, Tom et Lily vont pouvoir participer à la fête déguisée… et ils sont sur la piste d'un trésor !

ENQUÊTE 3

Le trésor de Barborange !

Aujourd'hui, Lily et Tom font de la plongée. Au fond de l'eau, ils tombent sur l'épave d'un vieux bateau. Tom découvre une bouteille ancienne avec un message à l'intérieur.

Sans plus attendre, les enfants décident de remonter à la surface !

1 FRANÇAIS

Impatients, Lily et Tom ouvrent la bouteille. Elle contient de vieux parchemins. Tom déplie un parchemin, mais quelques mots sont effacés…

Entoure la bonne forme du verbe : infinitive ou conjuguée.

J'ai enterrer / enterré mon trésor dans un endroit bien caché.

Pour le retrouver / retrouvé, vous allez devoir résoudre des énigmes très difficiles.

Serez-vous capables de récupérer / récupéré le trésor ?

Bon courage, moussaillons !
Capitaine Barborange

— Chouette, une chasse au trésor ! s'écrient les enfants.

2 MATHS

Lily ouvre le second parchemin. À quoi peuvent bien servir tous ces chiffres ? se demande-t-elle.

Résous les calculs suivants pour aider Lily.

254 + 35 = 289

512 + 48 = 560

289 + 560 = 849

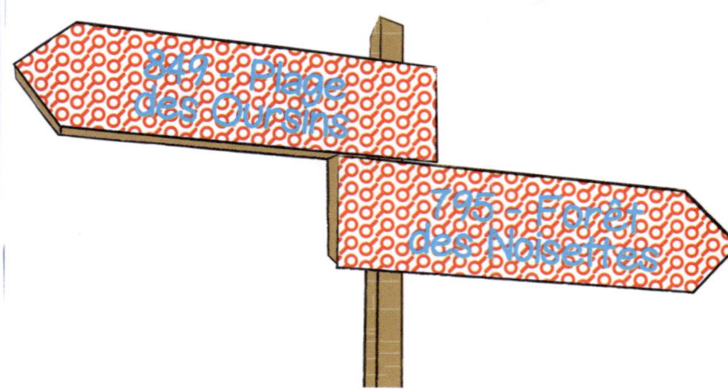

Dévoile les panneaux avec ta loupe magique et entoure le bon.

Où les enfants doivent-ils aller ?

3 FRANÇAIS

Lily est tellement excitée par la chasse au trésor que Tom a du mal à comprendre ce qu'elle dit…

Complète avec « on » ou « ont » pour aider Tom.

> .... doit se rendre à la plage des Oursins.
> Des pièces d'or .... été cachées là-bas.
> Et quand .... y sera, ... ouvrira le coffre au trésor.
> Vite ! .... n'a pas une minute à perdre !

4 QUESTIONNER LE MONDE

Tom et Lily ont trouvé un globe.

— La plage des Oursins devrait se trouver par ici, dans la mer Méditerranée, dit Tom en pointant le globe.

Aide les enfants à se repérer en complétant le globe. Complète les légendes en indiquant : pôle Nord, pôle Sud, équateur, hémisphère nord, hémisphère sud.

Arrivés sur la plage, les enfants remarquent un rocher de couleur orange sous les rayons du soleil.

— Orange comme la barbe du pirate, remarque Lily. Le coffre est sans doute là !

Les enfants trouvent en effet un coffre au pied du rocher. Ce message est gravé dessus :

« Du pôle Nord à l'hémisphère sud, en passant par l'équateur. »

— Bien sûr ! dit Lily. Le globe nous donne les chiffres du code et la phrase sur le coffre révèle l'ordre.

Et toi ? As-tu trouvé le code grâce à la phrase sur le coffre ? Dévoile les codes avec ta loupe magique et entoure le bon.

BRAVO ! Grâce à toi, Tom et Lily ont trouvé le trésor du capitaine Barborange !

ENQUÊTE 4

Enquête au musée

Lily et Tom visitent un musée ce matin. À l'intérieur, tout le monde paraît étrange. Le gardien vient à leur rencontre et enchaîne les phrases…

1 FRANÇAIS

— Tu comprends ce qu'il raconte, Lily ?

— Non, mais regarde ce qui est écrit sur son badge : « Ne croyez que mes déclarations ! » répond Lily.

Indique pour chaque bulle s'il s'agit d'une phrase déclarative, interrogative ou impérative.

1. Quelle heure est-il, s'il vous plaît ? *(interrogative)*
2. Les gens ont tort d'avoir peur. *(déclarative)*
3. Montrez-moi vos billets ! *(impérative)*
4. Il y a des choses très intéressantes derrière cette porte. *(déclarative)*
5. N'ouvre pas cette porte ! *(impérative)*

— Tu as entendu, Tom ? Allons voir ce qu'il se passe !

2 FRANÇAIS

Derrière la porte, les enfants croisent une femme qui semble effrayée.

Cette femme dit souvent le contraire de ce qu'elle pense. Relie les contraires pour aider Lily et Tom à comprendre la dame.

rassurant	gagner
reculer	effrayant
perdre	sombre
silence	humide
clair	avancer
sec	bruit

— Nous devrions peut-être écouter cette dame, dit Lily.

— On peut y aller, affirme Tom, le gardien a dit qu'il n'y avait aucune raison d'avoir peur.

3 MATHS

Parvenus au bout du couloir, les enfants croisent un homme, qui lui aussi s'exprime bizarrement.

— J'ai vu quelque chose de terrible à 5 100 cm d'ici.

— Il y a trois directions, Lily. Laquelle devons-nous suivre ?

Dévoile les distances avec ta loupe magique et entoure le bon panneau avec la distance que Lily et Tom doivent parcourir. Tu trouveras le lieu où ils doivent se rendre.

1. LA GRANDE GALERIE — 51 dm →
2. LA SALLE DES SARCOPHAGES — 5 100 mm →
3. LES APPARTEMENTS DE L'EMPEREUR — 51 m →

4 ENSEIGNEMENT MORAL ET CIVIQUE

— Nous sommes au bon endroit, dit Lily.

— Tiens, le directeur du musée… Demandons-lui poliment ce qu'il se passe, propose Tom.

Entoure la phrase demandant de façon polie au directeur du musée ce qu'il se passe.

1. Salut, ça va ? Tu sais ce qu'il se passe ?
2. Pouvez-vous nous dire ce qu'il se passe ici, s'il vous plaît ?
3. Dites-nous ce qu'il se passe !

La réponse du directeur fait bien rire les enfants :

— Alors que j'accrochais ce rideau, il est tombé…

À ton avis, qu'est-ce qui a bien pu faire peur aux visiteurs du musée ?
Entoure la bonne réponse.

A

B

C

BRAVO ! Grâce à toi, le musée a retrouvé son calme, et les enfants vont pouvoir le visiter tranquillement.

Les bijoux de la princesse

Lily et Tom se rendent dans un château avec les parents de Lily. Aujourd'hui, la visite est un peu spéciale, avec des comédiens qui recréent la vie à la cour. Pendant le défilé, Tom remarque qu'un papier est tombé de la poche d'un garde. Discrètement, il s'approche pour le ramasser.

1 FRANÇAIS

Écris à l'infinitif chaque verbe en rouge et entoure les verbes finissant par -ER.

« Monte l'escalier nord et arrête-toi au troisième étage. Je t'ouvrirai la porte. La princesse boit son thé tous les jours à 17 heures. À ce moment, tu pourras voler ses bijoux sans crainte.

PS : Frappe à la porte autant de coups qu'il y a de verbes en -ER dans ce message... »

monter - arrêter - ouvrer -
boit - pourrer - frapper

— Vite, nous devons prévenir la princesse ! s'écrie Tom.

2 FRANÇAIS

Dans les couloirs, Tom et Lily croisent un enfant, à qui ils demandent où se trouve l'escalier nord.

— Si vous devinez qui je suis pour la princesse, je vous le dirai. Mon nom est Philippe, répond l'enfant en leur tendant un arbre généalogique.

Complète les phrases avec « son » ou « sont ».

1. Élisabeth et Charles sont mariés.
2. Mathilde est la mère de la princesse et Louis est son mari.
3. Alexandre et Benoît sont cousins.
4. La princesse est Élisabeth et Philippe est son fils !

3 MATHS

— Exact, la princesse est ma mère ! dit Philippe. Et l'escalier nord est par là-bas. Elle prend son thé dans le salon représenté par un symbole qui a des angles droits.

Dévoile les symboles avec ta loupe magique et entoure le salon où la princesse prend son thé.

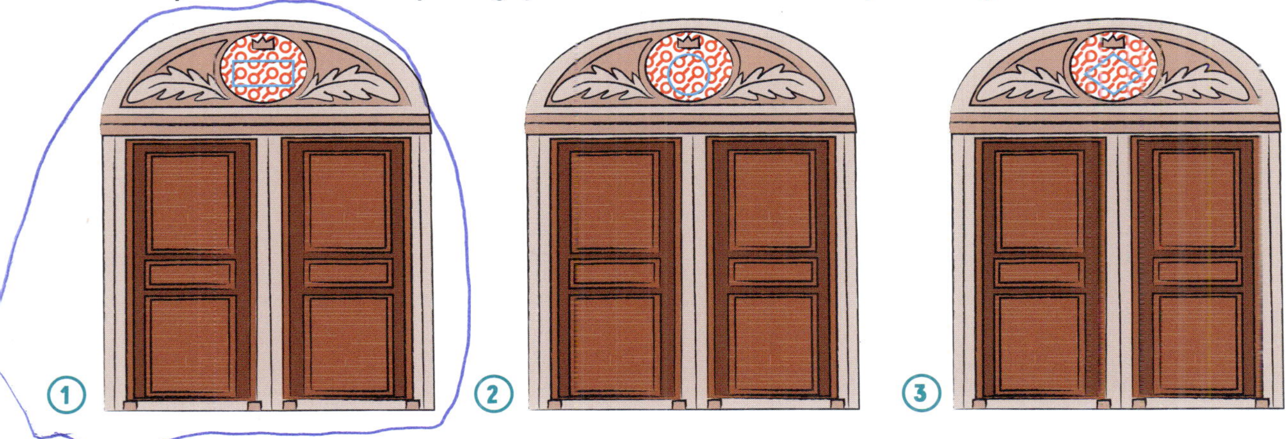

— C'est par ici, dit Lily, entrons vite !

Les enfants informent la princesse, qui se précipite vers la couronne et soudain s'écrie :

— La couronne a été volée ! C'est une fausse couronne qu'il y a à la place !

Les enfants regardent l'écriteau avec la description de la couronne.

4 ANGLAIS

Demande à un adulte de te lire les mots, puis colorie le dessin avec les bonnes couleurs pour mieux savoir à quoi ressemble la vraie couronne.

1. Purple
2. Yellow
3. Green
4. Red
5. Blue
6. Pink
7. Orange

Il y a trois acteurs dans la cour qui portent une couronne sur la tête.

As-tu trouvé qui est le voleur ?
Entoure la bonne réponse.

BRAVO ! Grâce à toi, le voleur a pu être identifié et la couronne retrouvée.

ENQUÊTE 6

Où est le lapin Palin ?

Lily et Tom se promènent en montagne cet après-midi avec Palin, leur lapin. Tout à coup, Palin entend un bruit, prend peur et s'enfuit. Lily et Tom décident de suivre les traces du lapin lorsqu'ils croisent un petit garçon…

1 FRANÇAIS

— Aurais-tu croisé un lapin blanc ? demande Lily.

— Oui, peut-être. Mais pour le moment, je suis trop occupé pour vous aider. Je dois classer tous ces animaux par ordre alphabétique pour les inscrire dans mon carnet.

Classe le nom des animaux dans l'ordre alphabétique pour aider le petit garçon.

1 ______________ 2 ______________

3 ______________ 4 ______________

5 ______________

— Merci ! Oui, j'ai vu votre lapin.
Il est parti vers la tanière du renard ! C'est par là.
Vous croiserez sans doute ma sœur.

2 FRANÇAIS

Les deux enfants courent vers la tanière. En arrivant, ils tombent sur une petite fille qui s'amuse avec un renard.

Mets les signes de ponctuation qui conviennent : !, ?, « ou ».

___ As-tu vu Palin, notre lapin ___
Il a eu peur et s'est enfui ___ »
demande Lily.

« De quelle couleur est-il ___ Les lapins ont peur du renard et repartent toujours en courant ___, répond la petite fille.

« Il est blanc ! ___ crie Tom, apeuré.

« Votre lapin est entré dans le refuge le plus haut. »

3 MATHS

— Sur le chemin, Lily et Tom trouvent un plan et l'observent pour connaître la position exacte du refuge le plus haut.

Classe ces altitudes dans l'ordre croissant.

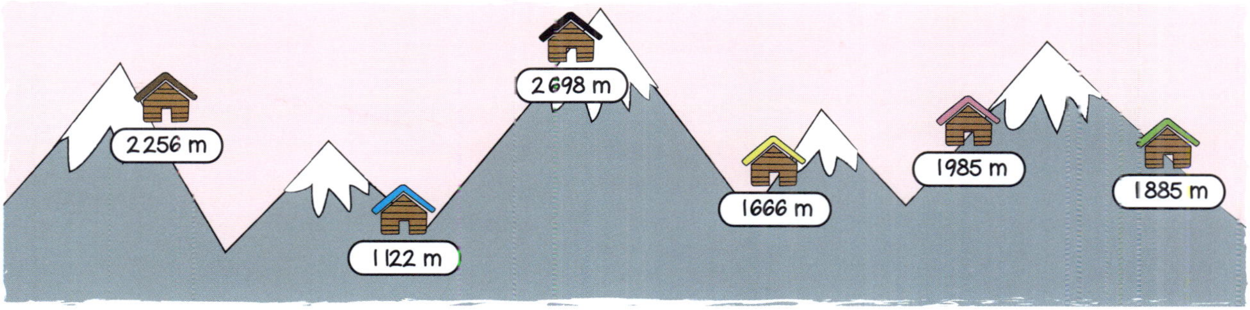

REFUGE ________ < REFUGE ________ < REFUGE ________ < REFUGE ________ < REFUGE ________ < REFUGE ________

4 ART

Arrivés au refuge le plus haut, les enfants remarquent les dessins qu'un jeune artiste vient de peindre.

Observe ces dessins rupestres, réalisés à la manière des hommes préhistoriques. Essaie de deviner de quel animal il s'agit. Puis dévoile les noms d'animaux avec ta loupe magique pour associer chaque animal à sa représentation.

 • • cheval

 • • lapin

 • • ours

 • • bison

— Regarde, il a dû voir Palin, son dernier dessin lui ressemble beaucoup, dit Lily.

— Tu as vu, on dirait qu'il sait exactement où il se trouve, remarque Tom.

Et toi, sais-tu où est Palin ?
Entoure la bonne réponse.

BRAVO ! Grâce à toi, les enfants ont retrouvé leur fidèle compagnon !

Une petite fille perdue

Ce matin, Lily et Tom se rendent à la plage.
— Quel magnifique terrain de jeu ! se réjouit Tom. Tu ne trouves pas, Lily ?
Mais Lily ne répond pas. Elle a vu une petite fille qui pleure.

1 FRANÇAIS

Les enfants décident de parler à la petite fille.

Conjugue les verbes surlignés au présent.

— Pourquoi pleures-tu ? demande Tom.

— Je ne retrouver .... plus mes camarades de colonie de vacances.

— Tu avoir .... une idée de l'endroit où ils sont allés ?

demander .... Lily.

— Ils être .... sans doute au camp de vacances.

J' avoir .... un plan pour rentrer, mais je n' arriver .... pas à le lire.

— Sèche tes larmes, nous allons t'aider ! dit Tom.

2 FRANÇAIS

La petite fille montre le plan à Tom et Lily.

— Le moniteur nous a donné cette carte à suivre pour retrouver notre chemin.

Choisis la proposition dans laquelle « a » ou « à » est bien orthographié pour trouver le bon chemin. Puis trace le chemin sur le plan pour rejoindre le camp.

1
- À la boulangerie, allez tout droit.
- A la boucherie, allez tout droit.

2
- Prenez tout de suite a droite.
- Prenez tout de suite à gauche.

3
- Il y a une fontaine, allez-y.
- Il y à une statue, allez-y.

4
- Rejoignez la dame avec un chapeau bleu. Elle a un message pour vous.
- Rejoignez la dame avec un chapeau rouge. Elle à un message pour vous.

5
- Rendez-vous à l'entrée du camp.
- Rendez-vous a la sortie du camp.

3 MATHS

— Super ! Nous avons retrouvé le camp, s'écrient les enfants.

— Je ne me souviens plus du code pour entrer, dit la fillette.

— Regarde le message que la dame nous a donné.

Je pense qu'il pourra nous aider, remarque Lily.

Complète la table de multiplication. **Puis dévoile les symboles avec ta loupe magique pour retrouver les six chiffres du code d'entrée.**

	5	6	7	8	9
4					☆
6	○				
8					
10				♡	

Le code est ○ ♡ ☆ : __ __ __ __ __ __

La porte s'ouvre… mais le gardien s'approche des enfants :

— Désolé, vous ne pouvez pas entrer comme ça. Il y a un goûter spécial, avec déguisements obligatoires ! Si vous répondez bien à ce questionnaire, je pourrai vous fournir une tenue adaptée…

4 QUESTIONNER LE MONDE

Entoure la bonne réponse.

1. **La Préhistoire débute avec l'apparition de l'homme.** ☐ VRAI ☐ FAUX
2. **L'homme préhistorique a connu les dinosaures.** ☐ VRAI ☐ FAUX
3. **Notre ancêtre direct est l'homme de Cro-Magnon.** ☐ VRAI ☐ FAUX
4. **La fin de la Préhistoire est marquée par l'invention du feu.** ☐ VRAI ☐ FAUX
5. **Les premiers hommes vivaient de la chasse, de la pêche et de la cueillette.** ☐ VRAI ☐ FAUX

— Super, on va à un goûter déguisé ! s'exclament les enfants.

Et toi, sais-tu comment les enfants doivent s'habiller ?
Entoure la bonne réponse.

BRAVO ! Grâce à toi, la petite fille a pu rejoindre son camp de vacances.

Le perroquet extraordinaire

Pour leur dernier jour en Corse, Lily et Tom prennent le bateau pour visiter les îles voisines.

— Papi m'a dit que sur une de ces îles vit un perroquet extraordinaire avec de superbes plumes, confie Lily.

— Ah oui ? Si c'est vrai, il me faut absolument voir ça, répond Tom. Allons-y !

1 MATHS

Une fois les enfants arrivés sur le ponton du port, Lily regarde le plan de l'archipel.

— Papi a dit que l'île avait la forme d'un triangle équilatéral ! se souvient Lily. Trouvons-la !

Dévoile les triangles avec ta loupe magique et associe chaque île à sa forme. **Entoure l'île sur laquelle doivent se rendre Tom et Lily.**

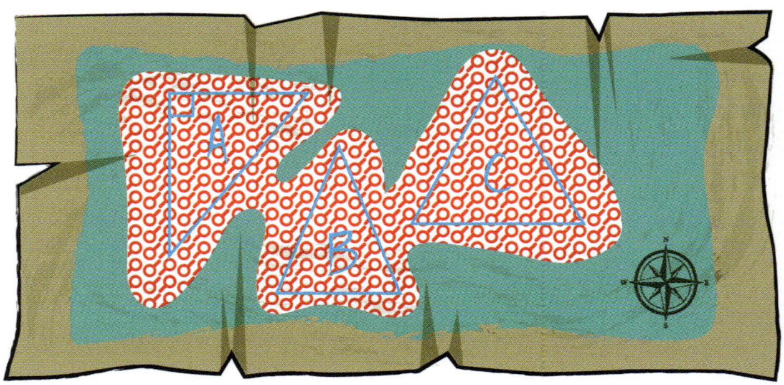

triangle isocèle : ___ triangle rectangle : ___ triangle équilatéral : ___

2 FRANÇAIS

— Super ! Demandons à un pêcheur de nous y emmener ! dit Tom.

Complète le dialogue **en conjuguant les verbes surlignés au présent.**

— Bonjour, monsieur, où aller ....-vous avec votre bateau ?

— Je aller .... faire le tour de l'archipel pour vendre mon poisson. Et vous, que faire .... -vous ici ?

— Nous faire .... un tour dans le port. Mon cousin et moi aller .... découvrir les îles de l'archipel pour trouver un perroquet extraordinaire.

— Un perroquet, vous dire .... ? Cela doit être le fameux perroquet bleu azur. Moi aussi, je l'ai cherché étant jeune. Montez vite, je vous dépose sur l'île, vous y trouverez quelqu'un qui dire .... l'avoir déjà aperçu.

3 ANGLAIS

Les enfants débarquent sur l'île et tombent nez à nez avec une vieille dame. Elle fait des mots croisés et leur propose de leur indiquer la cachette du perroquet en échange d'un peu d'aide, car les mots croisés sont en anglais.

Demande à un adulte de te lire les mots, puis complète la grille avec les jours correspondants en français.

- **1. Monday**
- **2. Wednesday**
- **3. Friday**
- **4. Saturday**
- **5. Tuesday**
- **6. Sunday**
- **7. Thursday**

4 FRANÇAIS

— Pour trouver le perroquet, il faut chanter cette petite chanson… Ah mince, je ne me rappelle plus toutes les paroles… Et si vous voulez une plume, il faudra lui dire le mot magique. Regardez bien, il se trouve au début de chaque ligne de la chanson.

Complète avec « c » ou « ç », puis chante la chanson pour faire venir le perroquet !

___ontemple mon plumage

Azur ___omme le ___iel

___'est une belle image

Admire donc ___es ailes

Hé toi ! Fille ou gar___on,

Une plume te ___ontenterait ?

Explore ___ette chanson

Trouve le mot se___ret

Et crie-le à tue-tête !

— Waouh, regarde, Lily, ça marche. Il est magnifique. Je suis trop content !

— Oui, enfin, pour avoir la plume, il faut le mot secret… Tu as trouvé ?

— Bien sûr !

Et toi, as-tu trouvé le mot magique ? Il rime avec le dernier mot de la chanson. Entoure la bonne réponse.

BRAVO ! Grâce à toi, Tom a pu récupérer une plume du perroquet.

ENQUÊTE 9

Le cadeau de Nalini

Tom et Lily sont arrivés chez leur grand-mère qui habite près de Bordeaux. Un matin, ils reçoivent une lettre de leur amie Nalini. Elle est partie dans sa famille en Inde pour les vacances et a décidé d'envoyer un petit cadeau à ses amis. Comme elle sait que Tom et Lily adorent les énigmes, elle leur réserve une petite surprise.

Tom et Lily, voici un cadeau de mon pays. Pour l'ouvrir, il vous faut le code ! Sur chaque papier, vous trouverez un jeu qui vous donnera un chiffre du code ! À vous de jouer !

1 FRANÇAIS

Souligne en vert les noms communs et en bleu les noms propres. **Le nombre de noms communs te donnera le 1er chiffre du code.**

Le 1er chiffre du code est : ____

Hello les amis ! Saviez-vous que :
- L'Himalaya est une haute chaîne de montagnes en Asie.
- Mumbai est la plus grande ville de l'Inde.
- Le Gange est un fleuve sacré.

J'espère qu'un jour vous viendrez en vacances ici.

— Super, on a déjà le premier chiffre du code !
Le deuxième jeu raconte un souvenir.

2 FRANÇAIS

Remplace le sujet par le pronom qui convient et conjugue le verbe au présent. **Le nombre de pronoms singuliers te donnera le 2e chiffre du code.**

Le 2e chiffre du code est : ____

- Lily et Tom **retrouver** Nalini. ....
- Nalini **être** heureuse de jouer avec eux.
....
- Tom **avoir** envie d'observer les oiseaux.
....
- Les filles **aller** acheter de quoi faire un bon goûter.
....
- Les enfants **passer** une super journée !
....

3 MATHS

— Super ! On a le deuxième chiffre, se réjouit Lily.

— Passons à l'énigme suivante, dit Tom, impatient.

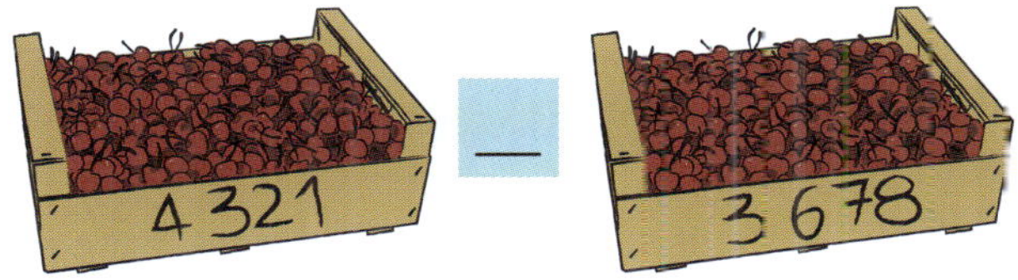

Complète avec < ou >. Compte le nombre de fois où tu as mis le symbole >, cela te donnera le 3e chiffre du code.

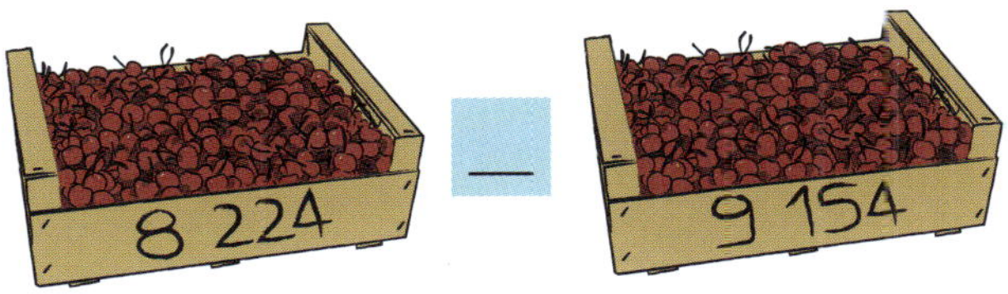

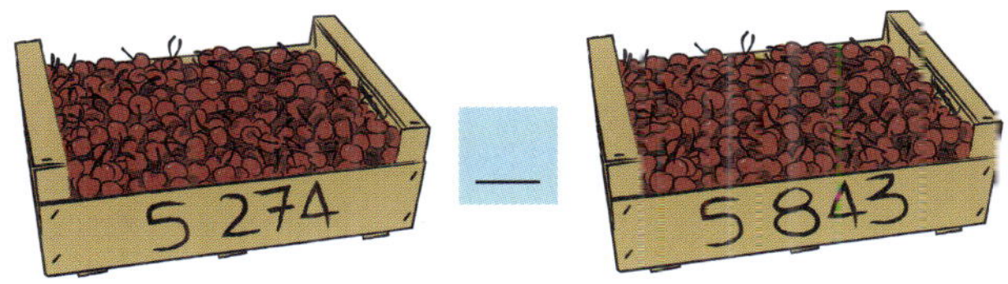

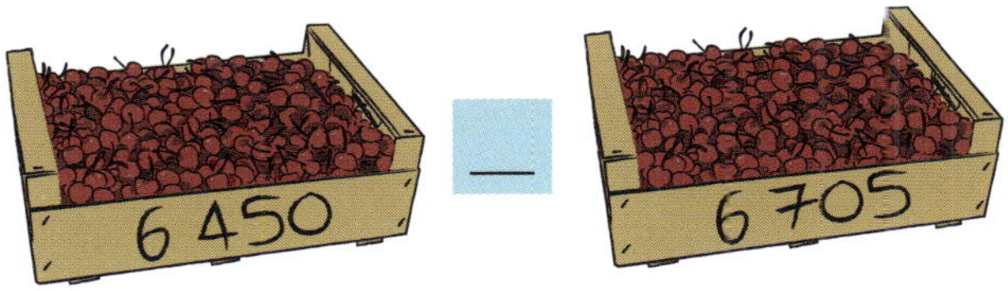

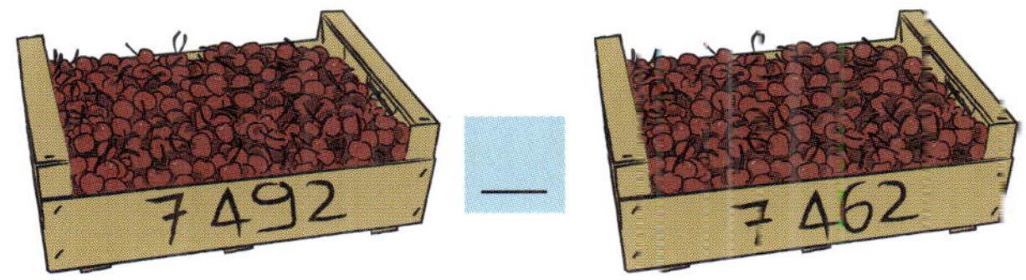

Le 3e chiffre du code est : ____

— Super, on avance. Plus qu'un chiffre ! s'exclame Lily.

4 QUESTIONNER LE MONDE

« Le Gange est le fleuve sacré de l'Inde. Savez-vous comment s'appellent les quatre fleuves de France ? »

Écris les noms des fleuves au bon endroit : Loire, Garonne, Seine et Rhône. Puis entoure le chiffre du fleuve le plus proche de Tom et Lily, cela te donnera le 4e chiffre.

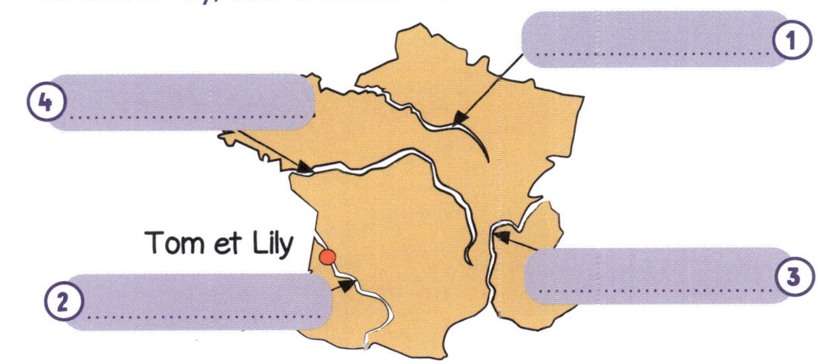

Le 4e chiffre du code est : ____

— Génial, on a le code, ouvrons vite le cadeau de Nalini.

Dévoile les codes avec ta loupe magique et entoure le bon.

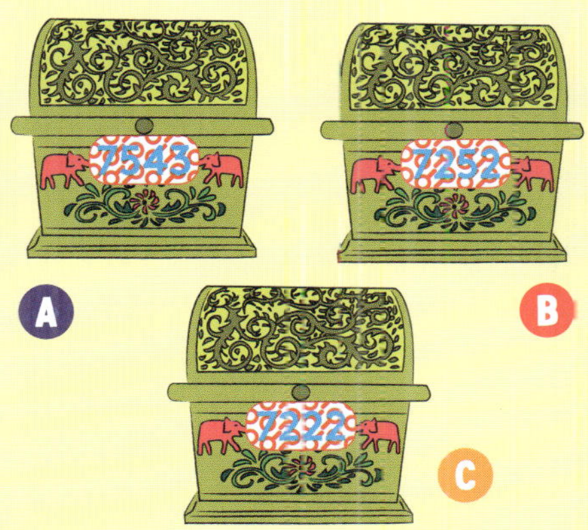

BRAVO ! Grâce à toi, Tom et Lily ont récupéré de superbes bracelets d'amitié envoyés par leur amie !

ENQUÊTE 10

Bon anniversaire, Lily !

Aujourd'hui, Tom réserve une petite surprise à Lily pour son anniversaire.
Elle doit « gagner » son cadeau en trouvant un code.
Hop ! C'est parti ! Voici le premier indice…

1 FRANÇAIS

— Lily, pour découvrir le premier chiffre du code, compte tous les sujets dans ce message, dit Tom.

Souligne les sujets dans les phrases.

Il y a ___ sujets.

Je suis très heureux d'être là pour ton anniversaire. Nous passons de très bonnes vacances. Quelque chose me dit que je reviendrai tous les étés encore pendant longtemps ! Palin lui aussi est très content, mais l'année prochaine peut-être que tu pourras venir nous voir ?

Le 1er chiffre du code est : ____

— C'est bon, j'ai trouvé. La suite, donne-moi la suite ! s'impatiente Lily.

2 FRANÇAIS

1 tendresse — 2 inquiet — 3 patience
4 tendre — 5 patienter — 6 inquiéter

Complète chaque famille de mots en plaçant les mots au bon endroit.
Le numéro associé au mot de la case verte est le 2e chiffre du code !

NOM	ADJECTIF	VERBE
inquiétude		
		attendrir
	patient	

Le 2e chiffre du code est : ____

— Génial ! Bravo Lily !

3 MATHS

— Maintenant, voyons si tu es aussi forte avec les masses qu'avec les jeux de français ! Le troisième chiffre du code est le chiffre des unités de masse de l'hippopotame.

Écris la masse correspondant à chaque animal : 730 g, 25 kg, 3 t, 750 kg.

____

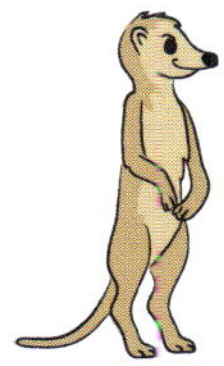

____

____

____

Le 3e chiffre du code est : ____

— Trop facile. Allez Tom, donne-moi vite le dernier jeu, j'ai hâte d'ouvrir mon cadeau !

4 QUESTIONNER LE MONDE

— Oui, oui, Lily, mais attention, celui-ci est plus dur… Pour trouver le 4e chiffre, compte le nombre d'animaux carnivores.

Dévoile les animaux avec ta loupe magique.

Montre les herbivores et compte les carnivores.

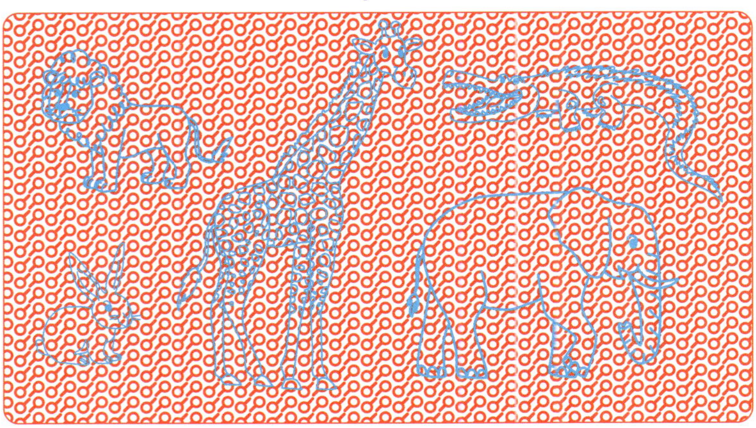

Il y a ___ carnivores.

Le 4e chiffre du code est : ____

— C'est bon, j'ai trouvé le code ! Je peux avoir mon cadeau ?

Et toi ? Sais-tu quel est le cadeau de Lily ?

Dévoile les codes avec ta loupe magique et entoure le bon.

BRAVO ! Grâce à toi, Lily va pouvoir ouvrir son cadeau d'anniversaire !

ENQUÊTE 11

Le secret des matriochkas

Cet après-midi, Lily, Tom et Palin se rendent à la plage. Tandis qu'ils posent leurs affaires dans l'ancienne cabine de plage de leur grand-mère, Tom découvre un vieux cahier.

— Tu crois que c'est le journal intime de Mamie ? demande Lily, intriguée.

1 FRANÇAIS

Les enfants, curieux, commencent à lire…

— Mamie m'a déjà raconté cette histoire. C'est son journal ! s'exclame Tom.

Remplace les pronoms en rouge par le sujet qui convient : ma mère ; les enfants ; mon père ; les matriochkas.

Le soir, il .... jouait de la balalaïka tandis qu'elle .... me racontait des histoires au coin du feu.

Ils .... avaient très peur de Baba Yaga, la sorcière.

Elles .... trônaient au-dessus de la cheminée, renfermant un précieux bijou.

Les enfants décident alors de fouiller la cabine de fond en comble. Ils découvrent une lettre à côté d'un petit coffre.

— Ouvre vite la lettre, dit Lily.

2 FRANÇAIS

— Qui peut bien l'avoir écrite ? demande Tom.

— Je pense que c'est Mamie, mais elle avait beaucoup de mal avec le genre des noms, en français ! répond Lily.

Réécris le texte en corrigeant les fautes de Mamie.

Ma mari est française.
Elle rêve de devenir aviatrice ou chanteuse.
Moi, j'aimerais devenir cavalier ou joueur de tennis.
Mais je dois faire attention à toujours garder précieusement ces matriochkas pour être heureux. Je les cacherai dans un petit coffre.

....

....

....

....

....

....

....

....

....

3 MATHS

— Très bien ! Mais cela ne nous dit pas comment ouvrir le coffre… fait remarquer Tom. Et si on doit essayer toutes les combinaisons, on va mettre des siècles !

— Peut-être que ce qui est écrit au dos de la lettre nous aidera.

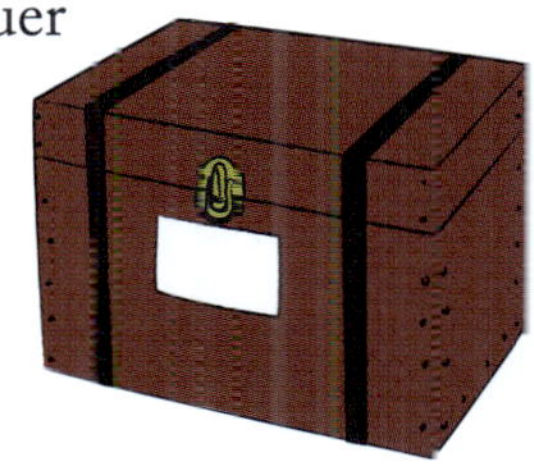

Entoure la bonne proposition pour chaque colonne, puis additionne toutes les bonnes réponses pour trouver la combinaison.

1 siècle	5 siècles	1 millénaire	2 jours	1 heure	1 semaine
100	50	1000	48	30	4
1000	500	10	24	60	7
ans	ans	ans	heures	minutes	jours

… + … + … + … + … + … = ______

4 ENSEIGNEMENT MORAL ET CIVIQUE

— Regarde, Lily, il y a une carte postale dans le coffre !
— Et une matriochka, ajoute Lily.

Ce bijou qui se porte au cou te rappellera toujours d'où tu viens, mais tu es citoyenne française désormais. Sois heureuse dans ton nouveau pays et remplis bien tes droits et tes devoirs.

Tes parents qui t'aiment.

— Des droits et des devoirs ? On en a aussi ? demande Lily.

— Oui, bien sûr !

Colorie en bleu les droits de l'enfant et en rouge ses devoirs.

Respecter les autres · Être éduqué · Vivre avec sa famille · Respecter l'environnement · Réparer les dommages causés aux autres · Vivre dans un environnement sain · Être protégé · Être poli · Exprimer son opinion · Être soigné

— Alors, on l'ouvre, cette matriochka ? s'impatiente Tom.

— Oui ! J'ai hâte de découvrir ce trésor, même si j'ai une petite idée de ce à quoi il ressemble maintenant.

Et toi ? As-tu deviné ce que Tom et Lily vont trouver dans la matriochka ? Dévoile les objets avec ta loupe magique et entoure le bon.

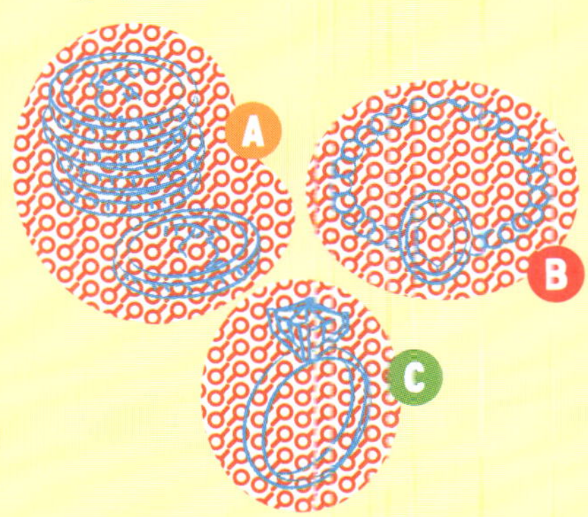

BRAVO ! Grâce à toi, Tom et Lily ont trouvé le trésor de leur grand-mère !

Tom mène l'enquête

Quelle chance pour nos aventuriers, ils sont les millionièmes visiteurs du phare et gagnent une visite privée de la loge du gardien ! Tom, très fier, emporte avec lui l'équipement d'enquêteur qu'il a reçu en cadeau.

1 MATHS

Lily et Tom s'informent des horaires de visite du phare.

Colorie les montres qui correspondent à l'heure d'ouverture et de fermeture du phare.

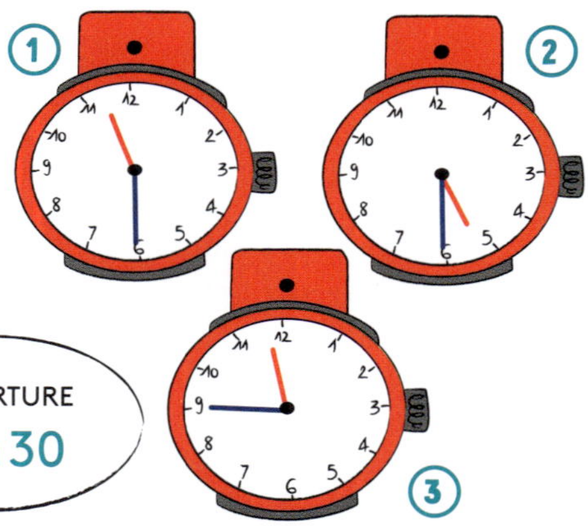

OUVERTURE
11 h 30

FERMETURE
19 h 00

— Les montres sont à l'heure : en route pour le phare ! s'écrie Lily.

2 FRANÇAIS

Tandis qu'ils montent les marches du phare, Tom observe avec sa loupe les affiches placardées aux murs, souvenirs des voyages du gardien.

— Regarde le texte sur la statue de la Liberté. Le gardien a un problème avec l'accord des adjectifs, dit Tom.

— Oui, on devrait le corriger, propose Lily.

Entoure l'adjectif correctement accordé pour compléter le texte.

La statue a des mains géants géantes. Elle a des pics pointues pointus qui sortent de sa couronne. Son nez est aussi grand grande que moi. Elle a une tête gris grise et des yeux ronds rondes qui regardent vers l'océan. Quel merveilleux merveilleuse spectacle !

— Voilà qui est mieux, se réjouit Lily.

3 FRANÇAIS

— Tom, voilà la loge du gardien. Mais, où est-il ?

— Ne touche à rien ! Je vais chercher des indices, dit Tom qui, en bon enquêteur, sort son carnet pour noter le moindre détail.

— Tiens, c'est amusant, tu as utilisé quatre fois le mot « pièce » dans un sens différent, remarque Lily en lisant les notes de son cousin par-dessus son épaule.

Indique le sens du mot « pièce » dans les phrases suivantes pour comprendre ce qu'écrit Tom dans son carnet.
Dévoile les indices avec ta loupe magique.

morceau monnaie œuvre endroit

- On voit la mer depuis cette **pièce**. ....
- Sur la gauche, il y a un livre qui parle de Roméo et Juliette, c'est une **pièce** de théâtre. ....
- Sur une table, il y a cinq petites **pièces** de 1 centime et un trousseau de clés. ....
- Sur une petite porte, il y a une **pièce** de puzzle collée. ....

Soudain, les enfants entendent cogner à la petite porte.
— Ouvrez-moi ! Mon trousseau de clés est sur la table, explique le vieux gardien. Je crois que la bonne clé porte le nom de l'océan dans lequel se jettent deux fleuves. Comment s'appelle-t-il, déjà ?

4 QUESTIONNER LE MONDE

Les enfants prennent le trousseau, mais il y a au moins cinquante clés ! À côté, ils trouvent un papier.

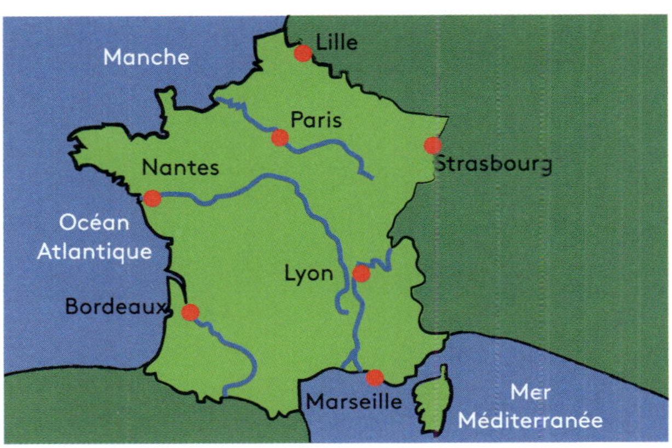

Complète le texte en t'aidant de la carte.

La Garonne se jette dans .... Le Rhône se jette dans .... La Seine se jette dans .... La Loire se jette dans ....

— On a trouvé la bonne clé ! s'écrient les enfants en chœur.

Et toi ? As-tu deviné quelle clé ouvre la petite porte ?
Entoure la bonne réponse.

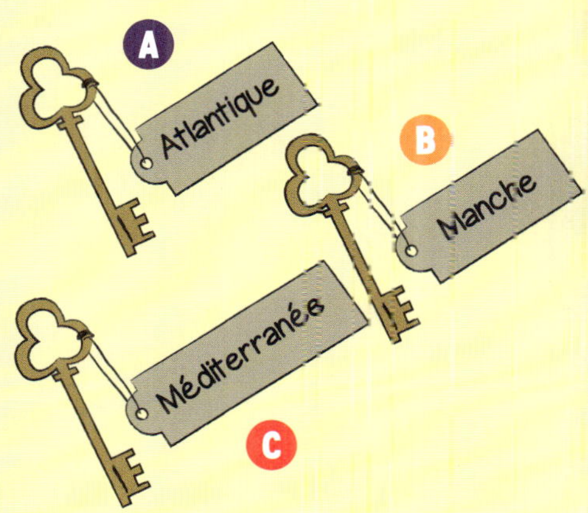

BRAVO ! Grâce à toi, Tom et Lily ont pu libérer le gardien. La visite va pouvoir commencer.

ENQUÊTE 13

Panique dans la forêt

Aujourd'hui, Lily, Tom et Palin se rendent en forêt pour une belle balade. La journée s'annonce très bonne ! Avant d'entrer dans la forêt, les cousins rencontrent Suzy, une jeune femme anglaise qui les met en garde.

1 FRANÇAIS

— Cette forêt est dangereuse : mon frère, Peter, n'est toujours pas revenu. J'avais trop peur de le suivre… snif !

— Ah ? Peux-tu nous en dire plus ? demande Lily.

Suzy explique la situation aux enfants, mais elle a du mal avec les conjugaisons.

Entoure les verbes conjugués au futur pour savoir ce que dit Suzy.

— John, notre père, nous a dit ce matin :

« Après quelques heures de marche sur ce sentier, vous parvenez / parviendrez au centre de la forêt. Des animaux dangereux étaient / seront toujours près de vous ; ils vous feront / font peur. Quand viendra / venu la nuit, vous devais / devrez toujours avoir un œil ouvert, car les serpents et les araignées sortent / sortiront. »

— Ce n'est pas très engageant, dit Tom, paniqué.

— Tu rigoles ! Allons-y, il faut retrouver Peter, et puis les araignées et les serpents ne me font pas peur ! Restez ici, dit Lily à la jeune femme, nous allons retrouver votre frère.

2 FRANÇAIS

La jeune femme n'a pas menti. Lily et Tom ne sont pas rassurés au milieu de toutes ces bêtes dangereuses. Il y a beaucoup de bruits inquiétants.

— Écoute bien, dit Lily à son cousin, il n'y a rien d'inquiétant, c'est simplement…

Mais dans ce brouhaha, Tom entend mal ce que lui dit Lily.

Complète les mots avec « s » ou « ss » pour comprendre ce qu'entend Lily et savoir d'où viennent ces bruits étranges.

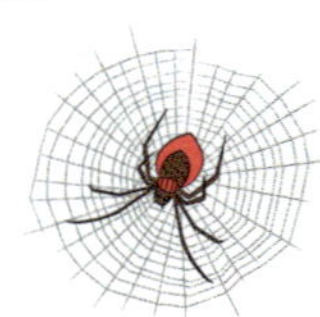

1. un in___ecte qui vole
2. des ___erpents qui rampent
3. une ___ouris cachée dans un bui___on
4. des héri___ons piquants
5. des mou___tiques géants
6. des araignées qui ti___ent leurs toiles

3 MATHS

— C'est bizarre, j'ai l'impression que nous sommes déjà passés par ici, dit Lily.

— On tourne en rond, confirme Tom.

— Et j'en connais un rayon sur les ronds… Hi hi ! s'amuse Lily pour détendre l'atmosphère.

Dévoile les indices présents sur chaque cercle avec ta loupe magique puis coche pour chaque figure la proposition qui correspond.

1 

- ☐ le rayon du cercle
- ☐ le périmètre du cercle
- ☐ le centre du cercle

2 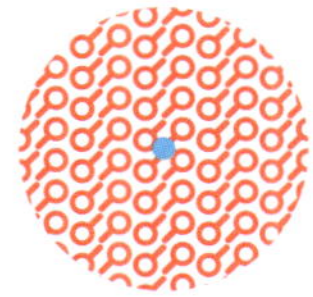

- ☐ le diamètre du cercle
- ☐ le centre du cercle
- ☐ le rayon du cercle

3 

- ☐ le rayon du cercle
- ☐ le centre du cercle
- ☐ le diamètre du cercle

4 

- ☐ le diamètre du cercle
- ☐ le périmètre du cercle
- ☐ le rayon du cercle

4 ANGLAIS

Soudain, les enfants croisent un jeune homme qui essaie de reprendre ses esprits. Le pauvre a reçu une branche sur la tête et est tout étourdi. Mais il répète sans cesse la même chose à propos de sa famille.

Demande à un adulte de te lire ces phrases en anglais et traduis les mots surlignés en vert : fils, mère, père, fille, sœur.

- John is my father ....
- I have two children: a son .... Mick and a daughter .... Lucy.
- The name of my mother .... is Beth.
- My sister .... is Suzy.

— Tu as compris, Tom ? Tu penses que c'est Peter ?

Et toi ? Sais-tu si ce jeune homme est le frère de Suzy ? Entoure la bonne réponse.

A Oui. B Non.

BRAVO ! Grâce à toi, Tom et Lily ont retrouvé Peter.

Rencontre au sommet

Aujourd'hui, direction les Pyrénées pour une course d'orientation en montagne. La première équipe arrivée remportera la course et aura le droit de dormir à la belle étoile au Refuge perdu. Au départ de la course, les organisateurs leur donnent une première énigme.

Les enfants sont prêts, mais ne savent pas dans quelle direction aller !

1 FRANÇAIS

— Regarde, il manque des lettres, vite, complétons le texte avant les autres !

Écris les lettres effacées : n ou m.

Gri___pez au so___met,
et soyez les premiers. À travers
ces mo___tagnes e___blématiques,
ne passez pas
trop longte___ps à chercher votre chemin.
Pour co___mencer, e___pruntez
le se___tier des Po___mes, observez
les chamois et ne vous perdez pas.

— Le sentier est par ici ! Dépêchons-nous ! dit Lily.

2 MATHS

Les équipes commencent l'ascension de la montagne. Elles n'avancent pas toutes à la même allure. Le sommet est à 3 325 m. Lily et Tom ont déjà parcouru 2 213 m, et les autres équipes 2 154 m et 1 323 m. Lily s'inquiète : sont-ils devant ?

Fais les soustractions pour trouver les distances à parcourir des trois équipes et savoir si Lily et Tom sont devant.

LILY ET TOM

	3	3	2	5	
–	2	2	1	3	
	___	___	___	___	m

ÉQUIPE 2

	3	3	2	5	
–	2	1	5	4	
	___	___	___	___	m

ÉQUIPE 3

	3	3	2	5	
–	1	3	2	3	
	___	___	___	___	m

3 QUESTIONNER LE MONDE

Tom et Lily arrivent à un croisement. Par où faut-il aller ? À droite ou à gauche ?

— Tu as vu ce panneau, Tom ? C'est trop étrange, ce doit être un indice…

Entoure les propositions correctes, puis remets les lettres trouvées dans le bon ordre.

- (I) Manger varié est très important.
- (R) Pendant le sommeil, le cerveau mémorise ce qu'il a appris dans la journée.
- (A) Je dois grignoter entre les repas.
- (G) Les bonbons sont bons pour nos dents.
- (O) Faire du sport régulièrement permet d'entretenir ses muscles.
- (D) Je dois me laver les dents après chaque repas.
- (T) Je dois manger tous les jours des fruits et des légumes.
- (E) Je bois de l'eau régulièrement.
- (U) Je regarde la télévision plusieurs heures tous les jours.

MOT MYSTÈRE : __ __ __ __ __ __

— Par ici, Tom ! On est en tête, vite !

4 FRANÇAIS

Tom et Lily arrivent enfin au refuge, mais impossible de rentrer, la porte est fermée !

— Tu entends, Tom ? On dirait que quelqu'un chuchote de l'autre côté…

Conjugue les verbes en rouge au présent pour bien comprendre ce que demande le gardien.

— Je (être) .... le gardien et il me (falloir) .... un mot de passe. Pour le découvrir, je vous (poser) .... cette question. Sur notre belle montagne, quel animal (pouvoir) ....-vous rencontrer ? Le chamois, le lama ou le toucan ? Si vous ne (savoir) .... pas, attendez cinq minutes et je vous poserai une autre question.

– Je crois que j'ai trouvé ! s'écrie Lily.

Et toi ? As-tu trouvé le mot de passe ? Dévoile les animaux avec ta loupe magique et entoure la bonne réponse.

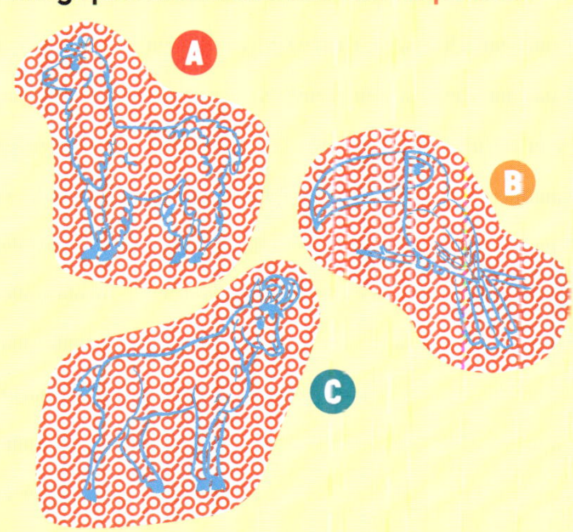

BRAVO ! Grâce à toi, Tom et Lily ont remporté la course d'orientation !

Le casque perdu

De retour chez leur grand-mère, Lily et Tom décident de bronzer sur la plage pour se reposer un peu de leur longue ascension.

En allant acheter des glaces, Lily croise un monsieur étrange…

— Je suis allé me baigner et j'ai perdu mon casque de Gaulois. Je m'en sers comme bonnet de bain. Vous comprenez, je suis professeur d'histoire !

1 FRANÇAIS

Les enfants essaient d'en savoir un peu plus…

Entoure dans chaque phrase le verbe qui est conjugué à l'imparfait pour en savoir plus sur l'après-midi du professeur.

Je suis allé me baigner et il y a / avait de grosses vagues. Ensuite, j'ai posé mon casque, pendant que je construirai / construisais un beau château fort de sable ! J' étais / avais été là-bas, près du drapeau avec 4 triangles à côté d'un tout petit panneau « port à 3 mètres ». Dites, je me demandais / demanderai… Et si vous m' aideriez / aidiez ?

— Euh oui, monsieur. On va essayer, dit Lily. Il est un peu bizarre, non ? ajoute-t-elle en chuchotant à l'oreille de Tom.

— C'est sûr, répond Tom, mais on peut quand même l'aider…

2 MATHS

Les enfants décident de se diriger vers les drapeaux, laissant le professeur assis dans le sable, toujours aussi énervé.

Associe chaque pavillon à la bonne description.

1 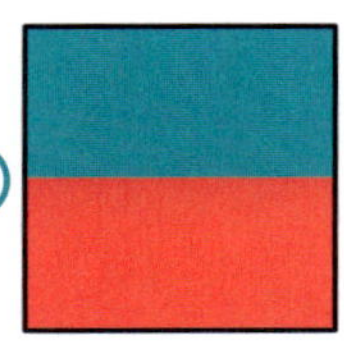

2 

3 

4 

- Carré composé de 1 losange et de 4 triangles
- Carré composé de 2 triangles
- Carré composé de 4 carrés
- Carré composé de 2 rectangles
- Carré composé de 3 rectangles
- Carré composé de 6 triangles

3 FRANÇAIS

— Regarde, Lily, les petits panneaux sont là.

Complète les mots avec les lettres muettes manquantes et entoure le panneau dont a parlé le professeur.

— Voilà le panneau ! s'écrie Tom. Et le château de sable, ajoute-t-il.

— Et voici le casque ! dit Lily en le montrant, au centre du château.

— Euh ? Il n'était pas vraiment perdu, s'étonne Tom.

4 QUESTIONNER LE MONDE

Soudain, les enfants voient le professeur qui court vers eux.

— Ah ! Vous l'avez retrouvé ! s'exclame-t-il, tandis que Tom et Lily le regardent avec stupéfaction. Connaissez-vous la tenue des Gaulois ? demande-t-il.

Dévoile les numéros avec ta loupe magique. Associe les noms des vêtements et des armes au bon dessin afin d'expliquer comment nos ancêtres étaient équipés.

- (__) Cape
- (__) Bouclier
- (__) Lance
- (__) Hache ou francisque
- (__) Épée
- (__) Casque

— Merci. Voici des invitations pour une visite guidée dans un endroit où vous saurez tout sur nos ancêtres.

As-tu compris où allait se passer la visite guidée ?
Entoure la bonne réponse.

BRAVO ! Grâce à toi, les enfants ont retrouvé le casque du professeur.

ENQUÊTE 16

La baie aux Merveilles

Les enfants ont chaussé leurs chaussures, enfilé leurs casquettes et préparé leur déjeuner. Aujourd'hui, ils ont prévu une balade dans la baie aux Merveilles. Tom espère y apercevoir de surprenants animaux et Lily faire de superbes photos.

1 FRANÇAIS

En route, Tom note les animaux qu'il croise dans son petit carnet. Lily, quant à elle, prend beaucoup de photos !

— Lily, peux-tu m'aider ? Je ne sais jamais quels articles utiliser.

Entoure en bleu les articles définis et en rouge les articles indéfinis. Puis utilise-les pour compléter le texte.

un   la   une   le   des

Au bout d'......... heure de marche,
nous avons vu .... héron qui survolait
.... sentier. Puis nous avons croisé
.... goéland et .... oie cendrée.

.... faune de .... baie est
incroyablement riche et variée.
Nous avons traversé .... chemins
vaseux et eu .... chance
d'apercevoir .... phoque !

2 MATHS

Après une heure de marche, Tom et Lily font une pause sur l'aire de pique-nique.

— Nos sacs sont bien trop lourds. Qu'as-tu emporté pour le déjeuner ? demande Lily.

Effectue les opérations suivantes pour savoir ce que contiennent les sacs de Tom et Lily.

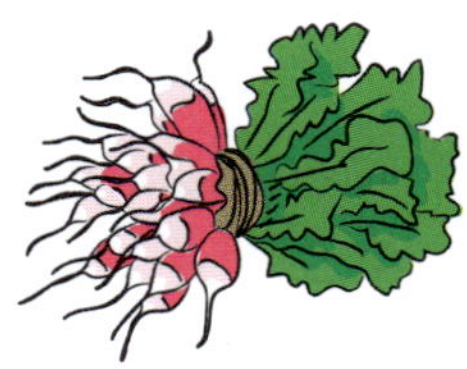

8 bottes de 9 radis

= ___ radis

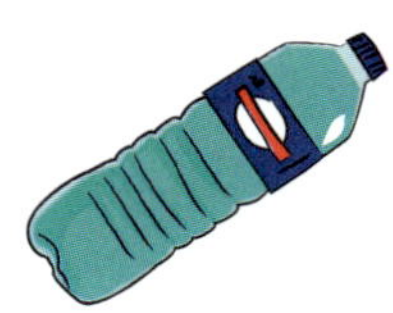

4 bouteilles de 50 cl d'eau

= ___ cl d'eau

6 paquets de 6 biscuits

= ___ biscuits

— Tu as oublié les sandwichs ! gronde Lily.

— Non, c'est Palin qui les a mangés pendant la randonnée !

3 FRANÇAIS

Durant leur déjeuner, un homme arrive pour réparer les panneaux informatifs.

— Ils s'abîment avec le temps, explique-t-il. Sur celui-ci, certaines lettres sont effacées.

— Nous serions contents de pouvoir vous aider ! proposent les enfants.

Complète les lettres effacées sur le panneau pour aider Tom et Lily.

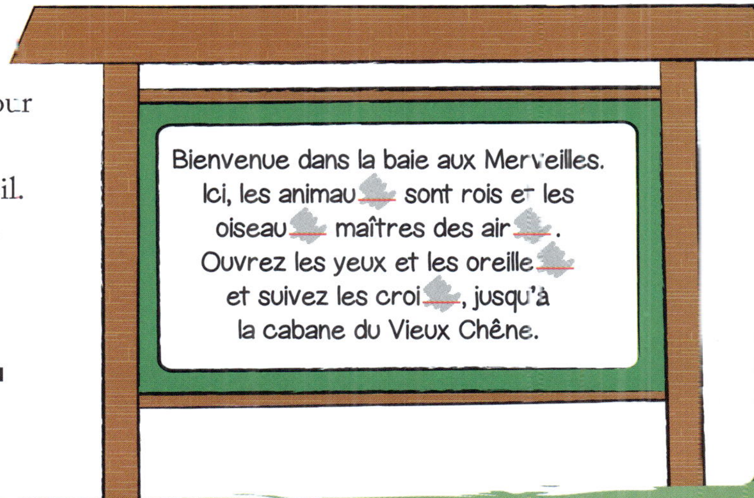

— Et si on allait à cette cabane ? propose Lily, intriguée par tant de mystère.

4 QUESTIONNER LE MONDE

Arrivés au bout du chemin, les enfants se trouvent devant une vieille cabane, avec un cadenas sur la porte.

— Regarde, Tom, il y a quelque chose de gravé sur la porte.

— « Ouvrez-moi pour découvrir un spectacle magnifique », lit Tom.

— Peut-être que ce panneau peut nous aider à trouver le code ! dit Lily, tout excitée.

Pour chaque animal, entoure la bonne réponse. Tu trouveras alors le code de la porte.

ovipare : 2 • vivipare : 5

ovipare : 7 • vivipare : 6

ovipare : 1 • vivipare : 0

ovipare : 9 • vivipare : 3

– Je sais ! J'ai trouvé le code ! dit Tom.

Dévoile les codes avec ta loupe magique et entoure le bon.

A

B

C

BRAVO ! Grâce à toi, Lily et Tom ont découvert l'observatoire aux oiseaux de la baie aux Merveilles. Le spectacle est en effet à couper le souffle !

Sur la dune Koa

Nos deux aventuriers et leur inséparable lapin décident aujourd'hui de monter au sommet de la plus haute dune de la plage. Sur le chemin, ils rencontrent un guide qui ne parle pas très bien français.

1 FRANÇAIS

— Que raconte-t-il ? demande Tom.

Conjugue les verbes à l'imparfait pour comprendre ce que dit le guide au groupe de touristes.

Pendant l'Antiquité, la dune était un lieu de vie incontournable. Les habitants aller .... régulièrement, par un petit passage gardé secret, à son sommet pour se retrouver. Ils faire .... des cérémonies et des fêtes.

Ils dire .... des prières, chanter .... et danser .... sous la lune autour d'un précieux trésor.

Aujourd'hui, personne ne sait où se trouve le trésor.

— Vite, trouvons ce passage secret ! s'écrie Lily.

Aussitôt dit, aussitôt fait, Palin se met à courir et s'arrête juste devant un petit tunnel.

— Allons-y, ce doit être l'entrée du passage. Bravo, Palin !

2 FRANÇAIS

— Il y a des mots étranges sur les murs… Je ne suis pas rassuré, partons d'ici ! dit Tom.

— Ah non ! On ne va pas abandonner le trésor aussi facilement. Et puis les mots sont juste écrits à l'envers. On y va ! ordonne Lily.

Dévoile avec ta loupe magique l'indice écrit sur le mur, puis remets les lettres dans le bon ordre pour trouver la bonne direction.

Tous ces mots sont invariables. L'initiale du premier mot dans l'ordre alphabétique vous donnera la bonne direction.

- spmetgnol : ....
- srohed : ....
- siamaj : ....
- tôtissua : ....
- iciov : ....

Indique quel chemin ils doivent suivre : A, D, L ou B.

Tom, Lily et Palin quittent le tunnel et se retrouvent tout en haut de la dune !

— C'est superbe ! s'exclame Tom.

— Alors, toujours la frousse ? dit Lily en rigolant.

3 MATHS

Les enfants croisent un homme avec un carnet à la main.

— Plus 2 ! dit l'homme en voyant Tom et Lily.
Je compte les visiteurs, ajoute-t-il en montrant son carnet.

Pose les opérations suivantes pour savoir combien de personnes ont gravi la dune ces trois dernières années.

Cette année : 27 × 12 = _____ visiteurs ont gravi la dune.

L'année précédente : 33 × 11 = _____ visiteurs ont gravi la dune.

L'année d'avant : 18 × 44 = _____ visiteurs ont gravi la dune.

Total : _________ visiteurs ont gravi la dune.

Sur un panneau en bois, Tom et Lily aperçoivent un message gravé.
— « Le trésor se trouve au centre du cercle », chuchote Tom.
— Cela doit avoir un lien avec ces ruines, au loin, répond Lily.

4 QUESTIONNER LE MONDE

Et les enfants partent en courant sous l'œil étonné du jeune homme.

Associe les définitions aux noms, puis aux images de ces monuments historiques français.

1  •   • Monument pour célébrer les victoires militaires. •   • arc de triomphe

2  •   • Lieux publics pour se baigner. •   • aqueduc

3  •   • Lieu où se déroulaient des combats et des courses de taureaux. •   • arène

4  •   • Monument servant au transport de l'eau. •   • thermes

– Le trésor est ici ! s'exclame Lily.

Et toi, as-tu deviné où se trouve le trésor ?

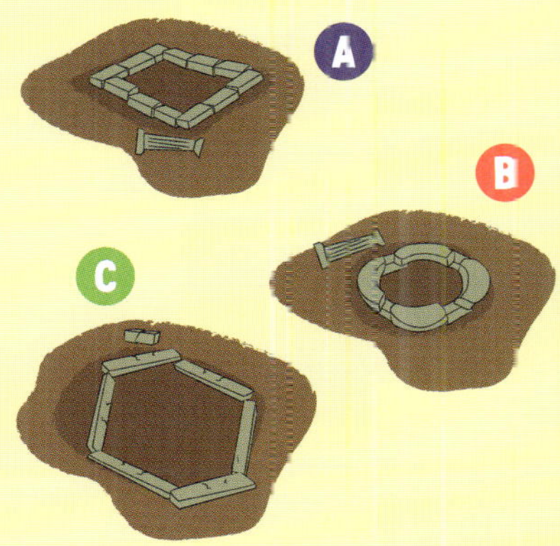

BRAVO ! Grâce à toi, Lily et Tom ont trouvé l'emplacement du trésor de la dune Koa.

Vacances surprises

La fin des vacances approche. Lily et Tom comptent bien profiter des derniers jours ensemble. Ce matin, la maman de Tom lui a envoyé une lettre.

— J'ai besoin de ton aide, Lily. J'ai l'impression que Maman a décidé de me faire réviser le futur..

1 FRANÇAIS

Entoure à chaque proposition le verbe qui est au futur de l'indicatif.

Tom, tu prendras / prends bientôt le train de retour pour la maison. Tu dirais / diras au revoir à ta cousine Lily et lui faisait / feras un bisou de ma part. Mais rassure-toi, vous pouvez / pourrez vous revoir bientôt pour les prochaines vacances. Vous voyiez / verrez des paysages magnifiques et ne voudrez / voulerez plus repartir. Nous viendrons / venons avec vous, mais avant cela vous allez devoir résoudre ces énigmes pour découvrir le lieu et la date.

— Waouh ! Trop bien, des vacances surprises ! s'exclame Tom.

— J'ai hâte de savoir où et quand nous allons partir, se réjouit Lily.

2 QUESTIONNER LE MONDE

« Cette première énigme vous donnera un premier indice. »

Relie les propositions pour former 5 phrases correctes. Puis entoure l'intrus en violet : c'est le premier indice. Attention, il peut y avoir plusieurs possibilités pour une même proposition.

Le 1er indice est : ____

- Chaque année est composée de •
- Chaque mois compte •
- Sauf le mois de •

- • FÉVRIER •
- • 12 •
- • AVRIL •
- • 52 •
- • 30 •
- • 365 •

- • semaines.
- • ou 366 jours.
- • ou 31 jours.
- • mois.
- • qui compte 28 ou 29 jours.

3 QUESTIONNER LE MONDE

— Super, Tom ! Passons à l'énigme suivante.

Le 2e indice est : ____

« Pour cette énigme, le nombre de réponses rouges nous donnera le 2e indice. »

Entoure chaque proposition selon le code couleur. État solide | État liquide | État gazeux

rivière

océan

glaçons

banquise

lac

vapeur d'eau

— On avance bien, Lily. Allez, passons à l'énigme suivante.

4 FRANÇAIS

« Voici la dernière énigme. »

Classe les mots selon que tu entends [j] ou [g] : gant, neige, glisser, cagoule, verglas, luge, télésiège, patinage.

J'entends [j]	J'entends [g]

« Dévoilez les indices avec la loupe magique, trouvez le point commun et vous connaîtrez la destination. »

campagne — montagne — ville

Le 3e indice est : ____

— Ouais ! Vivement les prochaines vacances ! s'exclame Lily.

— On va bien s'amuser !

Et toi, as-tu compris où et quand vont partir Tom et Lily pour les prochaines vacances ?
Entoure la bonne réponse.

A

B

C

BRAVO ! Grâce à toi, Tom et Lily connaissent la destination de leurs prochaines vacances !

Le bateau échoué

Aujourd'hui, Tom et Lily ont décidé d'aller chercher quelques coquillages. Soudain, ils aperçoivent un bateau échoué sur les rochers, avec un pêcheur sur le pont qui leur fait de grands signes. Ils décident d'aller à sa rencontre.

1 FRANÇAIS

— Vous tombez bien, les enfants. Je me suis endormi et je ne sais pas où je me trouve ni comment dépanner mon bateau. Ma radio ne fonctionne plus. Pouvez-vous apporter ce message au port ?

Entoure les compléments de phrase qui répondent aux questions « Où ? » et « Comment ? » dans le message du pêcheur.

J'étais dans le port de La Rochelle, hier soir.
J'avais pêché du poisson, grâce à mon filet.
Je me suis couché dans le bateau.

À mon réveil, j'étais échoué sur les rochers.

J'ai tenté de vous contacter, en utilisant ma radio, mais elle est cassée.

J'ai besoin d'aide.

Arrivés au port, Tom et Lily passent le message au capitaine.

— Merci les enfants. Cela m'aiderait beaucoup si vous me décriviez les rochers où se trouve le bateau du pêcheur.

2 MATHS

Les rochers ont des formes de solides connus.
Écris leur nom et compte le nombre de faces.

_ _ _ _

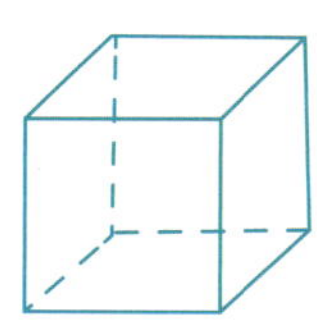

__ faces

_ _ _ _ _ _ _ _

__ faces

_ _ _ _ _ _ _ _ _ _

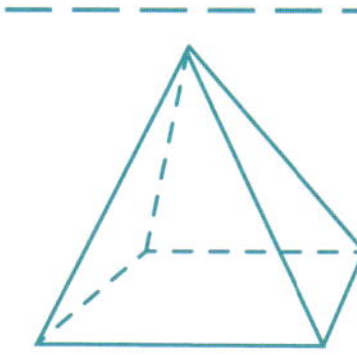

__ faces

_ _ _ _ _ _ _ _ _ _

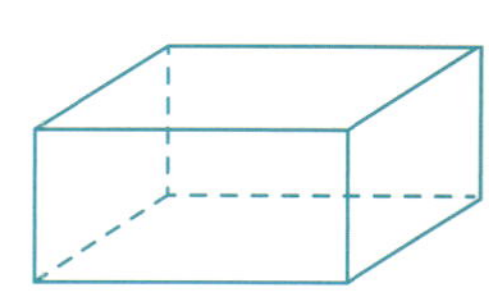

__ faces

— Merci, grâce à ces informations sur les récifs, nous allons pouvoir dépanner le bateau, dit le capitaine.

— Les récifs ? s'interroge Tom. C'est quoi ?

— Ce sont les rochers qui dépassent de la mer et sur lesquels s'échouent les bateaux. Vous savez, pour être un bon marin, il est important de bien connaître le vocabulaire lié à la mer.

3 FRANÇAIS

Barre les mots qui n'entrent pas dans le champ lexical de la mer.

OCÉAN — COLLINE — MARÉE — NAUFRAGE

MARMOTTE — CÔTE — HOULE — COQUILLAGE

FEUILLE — PLANÈTE — PLAGE — BALEINE

— Parfait, les enfants ! Je vois que j'ai affaire à de futurs marins ! Regardez, voici le bateau de pêche.

— Que vous est-il arrivé ? demande le capitaine au pêcheur.

— J'ai dérivé toute la nuit le long de la côte. Je ne suis pas habitué au climat d'ici. Je suis né dans une grande ville au climat méditerranéen… répond le pêcheur.

— Tu y comprends quelque chose, Lily, aux climats ? demande Tom.

— C'est très simple, les enfants, dit le capitaine. Regardez cette carte.

4 QUESTIONNER LE MONDE

En t'aidant de la carte et des informations, colorie chaque climat de la bonne couleur.

- Le climat méditerranéen se trouve dans le Sud.
- Le climat océanique est influencé par l'océan Atlantique.
- Le climat montagnard présente un fort enneigement en hiver.
- Le climat continental est éloigné du littoral.

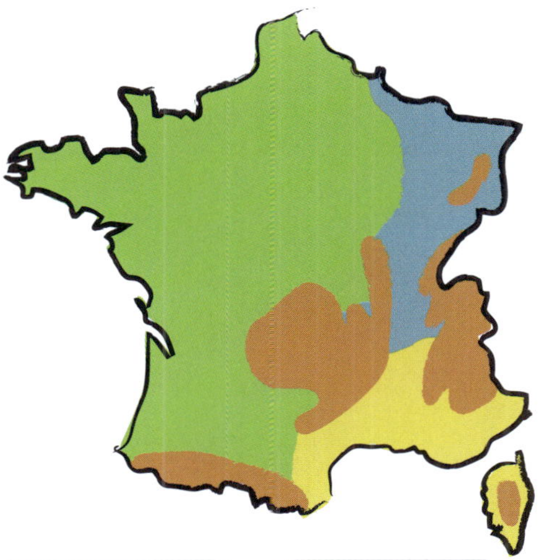

climat océanique — climat méditerranéen

climat continental — climat montagnard

— Je comprends mieux, dit Lily.

— Et donc, vous êtes né là-bas, ajoute Tom en s'adressant au pêcheur.

Et toi, as-tu deviné où est né le pêcheur ? Dévoile les panneaux avec ta loupe magique et entoure le bon.

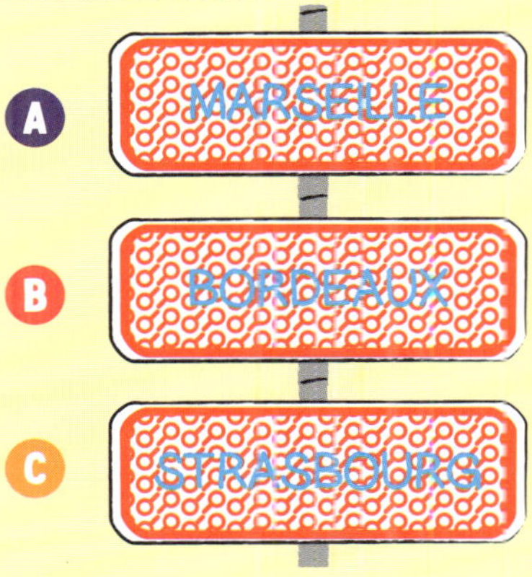

BRAVO ! Grâce à toi, le pêcheur échoué a pu être secouru.

ENQUÊTE 20

Un dernier souvenir

Tom est bien triste. Sa cousine Lily est rentrée chez ses parents, ce matin. Il doit lui aussi préparer ses affaires et repartir en Normandie. Lorsqu'il arrive dans sa chambre, il trouve sa valise fermée avec un cadenas. À côté, il y a une lettre…

1 ANGLAIS

Bonjour, cousin ! J'imagine que je te manque déjà... J'ai changé le code de ta valise et, pour l'ouvrir, tu vas donc devoir résoudre quelques énigmes. Commence par rassembler les affaires suivantes. Puis compte le nombre total de vêtements qui se portent sur le bas du corps pour connaître le premier chiffre du code.

Demande à un adulte de lire les descriptions en anglais et associe chacune au dessin qui lui correspond.

7 pairs of socks •

• 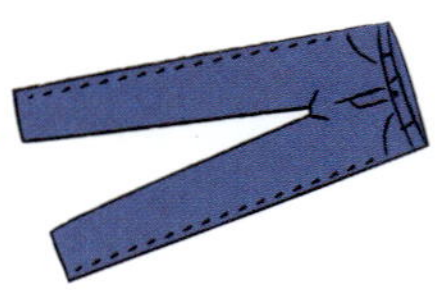

3 trousers •

• 

2 pairs of shoes •

• 

5 shirts •

• 

Le 1er chiffre du code est : ____

2 FRANÇAIS

Cette première énigme n'était pas trop difficile. Voyons si tu t'en sortiras aussi bien avec la suivante. Voici un résumé de nos vacances. Le deuxième chiffre correspond au nombre de verbes conjugués au passé composé.

Entoure les verbes conjugués au passé composé pour aider Tom à trouver le 2e chiffre.

« Ces vacances ont été merveilleuses !

Nous avons fait des choses incroyables. Mon plus beau souvenir restera la découverte de l'épave du capitaine Barborange. Mais j'ai aimé aussi la visite du phare et la rencontre avec le perroquet. Tu as bien mérité sa plume. J'ai adoré résoudre toutes ces énigmes avec toi.

À très bientôt pour de nouvelles aventures. »

Lily

Le 2e chiffre du code est : ____

3 FRANÇAIS

Je te dis « bravo ! », car je sais que tu as réussi. L'énigme suivante sera plus difficile, car le troisième chiffre correspond au nombre de « ces » dans le texte ci-joint.

Complète le texte en choisissant entre c'est, s'est, ces ou ses.

« .... lignes te donneront le dernier chiffre. .... un 2 ou un 3. Grâce à .... indices, tu vas pouvoir ouvrir ta valise. Dans .... poches intérieures, j'ai laissé un cadeau. Ouvre-la vite pour découvrir ce que .... On .... bien amusés pour l'obtenir. »

Le 3e chiffre du code est : ____

« Je pense que tu ne t'es pas trompé, mais nous allons vérifier cela grâce à l'énigme suivante. »

4 MATHS

Résous ce problème pour trouver les trois chiffres qui permettent d'ouvrir la valise.

Remplace chaque indice par le bon nombre, puis résous l'opération.

CHIFFRE 1 × CHIFFRE 2 × CHIFFRE 3

(__) × (__) × (__) = (   )

Après avoir résolu cette opération, Tom s'empresse d'essayer le code sur le cadenas, mais impossible de l'ouvrir. Il reprend la lettre de Lily.

« Ha, ha ! Je suis sûre que tu as essayé le code "120". Mais tu n'as trouvé pour le moment que les trois chiffres de la combinaison. Il reste à les mettre dans le bon ordre. Voici la dernière énigme. »

5 MATHS

Le dernier chiffre est plus grand que le deuxième, mais plus petit que le premier. La combinaison forme un nombre impair.

Remets les chiffres du code dans le bon ordre grâce aux indications sur le papier.

Le bon code est :

Tom essaie le nouveau code et la valise s'ouvre. À l'intérieur, il fouille dans les poches et découvre ce que lui a laissé Lily. En rigolant, il se met à crier quelque chose.

Dévoile le mot avec ta loupe magique et tu comprendras ce que Lily a laissé comme souvenir à Tom.

Entoure la bonne réponse.

CACAHUÈTE

A 

B 

C 

BRAVO ! Grâce à toi, Tom a pu ouvrir la valise et trouver le souvenir laissé par Lily.

ENQUÊTE 1 • PAGES 4-5

1.
Heureuse : contente → A
Extraordinaire : incroyable → A
Bateau : navire → N
Embarquer : monter → V
Malin : futé → A
Réfléchir : raisonner → V

2. 1) Je suis arrivé chez Lily.
2) Palin est content de la revoir.
3) Elle a préparé une surprise.
4) Je rappellerai dans quelques jours.

3. Dans quelle région habite Tom ? En Normandie
Quelle mer Tom a-t-il traversée pour venir ?
La Méditerranée
Quelle est la capitale de la France ? Paris
Comment s'appelle l'île ou Tom a atterri ? La Corse

4.

8850	8 m 8 c 5 d 0 u	huit-mille-huit-cent-cinquante
295	2 c 9 d 5 u	deux-cent-quatre-vingt-quinze
42	4 d 2 u	quarante-deux
5414	5 m 4 c 1 d 4 u	cinq-mille-quatre-cent-quatorze
4170	4 m 1 c 7 d 0 u	quatre-mille-cent-soixante-dix

Réponse A.
La maman de Lily les attend sur le bateau n° 5414.

ENQUÊTE 2 • PAGES 6-7

1. Ma femme a des cheveux **blonds**. Elle porte de **jolies** ailes avec des plumes **vertes**. Elle a des chaussures **blanches** avec des fleurs **bleues**.

2. écharpe étoilée ; oreilles d'âne ; chapeau à tête de mort ; bottes de Père Noël.

3.

	OPÉRATIONS	RÉSULTAT
Pièces de 2 euros	7 × 2 =	14
Billets de 10 euros	28 × 10 =	280
Billets de 100 euros	30 × 100 =	3000
	TOTAL	3294

4. Mon bateau a coulé avec la carte de mon trésor. Je partagerai le butin avec celui qui m'aidera à la récupérer.

Réponse C.
Tom et Lily ont besoin des affaires de plongée pour récupérer le trésor.

ENQUÊTE 3 • PAGES 8-9

1. J'ai **enterré** mon trésor dans un endroit bien caché. Pour le **retrouver**, vous allez devoir résoudre des énigmes très difficiles. Serez-vous capables de **récupérer** le trésor ? Bon courage, moussaillons ! Capitaine Barborange.

2. 254 + 35 = **289** et 512 + 48 = **560**
289 + 560 = **849** = la plage des Oursins.

3. **On** doit se rendre à la plage des Oursins.
Des pièces d'or **ont** été cachées là-bas. Et quand **on** y sera, **on** ouvrira le coffre au trésor. Vite !
On n'a pas une minute à perdre !

4. 1) Pôle Nord ; 2) Équateur ; 3) Hémisphère nord ; 4) Hémisphère sud ; 5) Pôle Sud.

Réponse B.
Le code pour ouvrir le coffre est 1-2-4.

ENQUÊTE 4 • PAGES 10-11

1. 1) interrogative ; 2) déclarative ; 3) impérative ; 4) déclarative ; 5) impérative.

2. rassurant : effrayant ; reculer : avancer ; perdre : gagner ; silence : bruit ; clair : sombre ; sec : humide.

3. 5 100 cm = 51 m. Ils doivent donc se rendre dans les appartements de l'Empereur.

4. Pouvez-vous nous dire ce qu'il se passe ici, s'il vous plaît ?

Réponse B.
Les visiteurs ont cru voir un fantôme, mais ce n'était que le directeur. Le rideau lui est tombé dessus !

ENQUÊTE 5 • PAGES 12-13

1. Monter, arrêter, ouvrir, boire, pouvoir, frapper.
Il y a 3 verbes en -ER, il faut donc frapper 3 fois.

2. 1) Élisabeth et Charles **sont** mariés.
2) Mathilde est la mère de la princesse et Louis est **son** mari.
3) Alexandre et Benoît **sont** cousins.
4) La princesse est Élisabeth et Philippe est **son** fils !

3. 1.

4. 1 = violet ; 2 = jaune ; 3 = vert ; 4 = rouge ; 5 = bleu ; 6 = rose ; 7 = orange.

Réponse A.
Le voleur est celui qui porte la vraie couronne.

ENQUÊTE 6 • PAGES 14-15

1. 1) Bouquetin ; 2) Chamois ; 3) Loup ; 4) Marmotte ; 5) Renard.

2. « As-tu vu Palin, notre lapin ? Il a eu peur et s'est enfui ! » demande Lily.
« De quelle couleur est-il ? Les lapins ont peur du renard et repartent toujours en courant », répond la petite fille.
« Il est blanc ! » crie Tom, apeuré.
« Votre lapin est entré dans le refuge le plus haut. »

3. 1122 < 1666 < 1885 < 1985 < 2256 < 2698.

4.

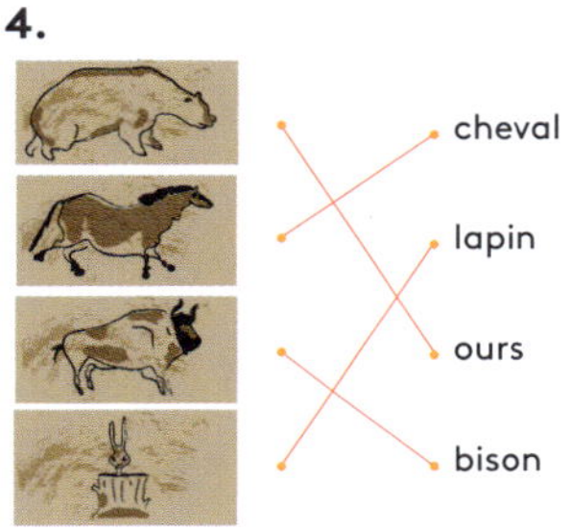

Réponse A.
Palin s'est caché dans un tronc d'arbre !

ENQUÊTE 7 • PAGES 16-17

1. — Pourquoi pleures-tu ? demande Tom.
— Je ne **retrouve** plus mes camarades de colonie de vacances.
— Tu **as** une idée de l'endroit où ils sont allés ? **demande** Lily.
— Ils **sont** sans doute au camp de vacances. J'**ai** un plan pour rentrer, mais je n'**arrive** pas à le lire.

2. 1) **À** la boulangerie, allez tout droit.
2) Prenez tout de suite **à** gauche.
3) Il y **a** une fontaine, allez-y.
4) Rejoignez la dame avec un chapeau bleu, elle **a** un message pour vous.
5) Rendez-vous **à** l'entrée du camp.

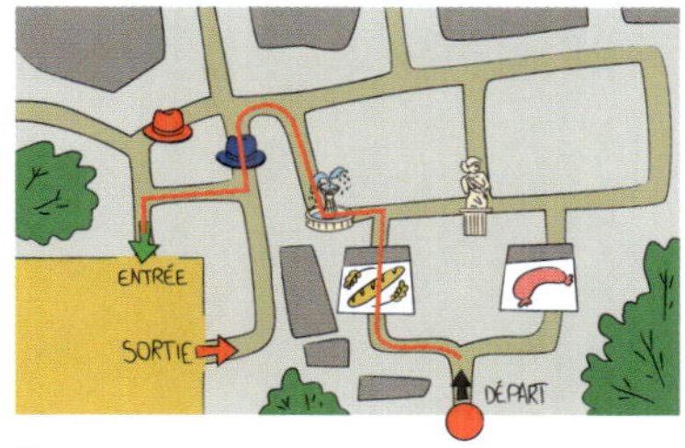

3.

	5	6	7	8	9
4	20	24	28	32	36 ☆
6	30 ○	36	42	48	54
8	40	48	56	64	72
10	50	60	70	80 ♡	90

○ = 30 ; ♡ = 80 ; ☆ = 36. Le code est **308036**.

4. 1) Vrai ; 2) Faux ; 3) Vrai ; 4) Faux ; 5) Vrai.

Réponse C.
Les enfants doivent s'habiller en tenue préhistorique.

ENQUÊTE 8 • PAGES 18-19

1. triangle isocèle : **B** ; triangle rectangle : **A** ; triangle équilatéral : **C**. Tom et Lily doivent donc se rendre sur **l'île C**.

2. allez ; vais ; faites ; faisons ; allons ; dites ; dit.

3.

						6							
		1	L	U	N	D	I				7		
						I					J		
					2	M	E	R	C	R	E	D	I
		4		5		A					U		
		S		M		N					D		
		A		A		C					I		
		M		R		H							
3	V	E	N	D	R	E	D	I					
		D		I									
		I											

4. **C**ontemple mon plumage / Azur **c**omme le **c**iel /
C'est une belle image / Admire donc **c**es ailes /
Hé toi ! Fille ou gar**ç**on, / Une plume te **c**ontenterait ? /
Explore **c**ette chanson / Trouve le mot secret /
Et crie-le à tue-tête !

Réponse A.
Les premières lettres de chaque vers forment le mot magique : CACAHUÈTE !

ENQUÊTE 9 • PAGES 20-21

1. Hello les amis ! Saviez-vous que :
— L'Himalaya est une haute chaîne de montagnes en Asie.
— Mumbai est la plus grande ville de l'Inde.
— Le Gange est un fleuve sacré.
J'espère qu'un jour vous viendrez en vacances ici.

Le 1er chiffre du code est **7**.

2. • **Ils retrouvent** Nalini.
• **Elle est** heureuse de jouer avec eux.
• **Il a** envie d'observer les oiseaux.
• **Elles vont** acheter de quoi faire un bon goûter.
• **Ils passent** une super journée !

Le 2e chiffre du code est **2**.

3. 4 321 **>** 3 678 ; 8 224 **<** 9 154 ; 5 274 **<** 5 843 ; 6 450 **<** 6 705 ; 7 492 **>** 7 462.

Le 3e chiffre du code est **2**.

4. 1) Seine ; 2) Garonne ; 3) Rhône ; 4) Loire.

Le 4e chiffre du code est **2**.

Réponse C.
Le code pour ouvrir le coffre est 7222.

ENQUÊTE 10 • PAGES 22-23

1. **Je** suis très heureux d'être là pour ton anniversaire. **Nous** passons de très bonnes vacances. **Quelque chose** me dit que **je** reviendrai tous les étés encore pendant longtemps ! **Palin** lui aussi est très content, mais l'année prochaine peut-être que **tu** pourras venir nous voir ?
Il y a **6** sujets, donc le 1er chiffre du code est **6**.

2.

NOM	ADJECTIF	VERBE
inquiétude	inquiet	inquiéter
tendresse	**tendre**	attendrir
patience	patient	patienter

Le 2e chiffre du code est **4**.

3. girafe : **750 kg** ; suricate : **730 g** ; vautour : **25 kg** ; hippopotame : **3 t**.
Le 3e chiffre du code est **3**.

4. **Herbivores :** Palin (lapin), éléphant et girafe.
Carnivores : crocodile et lion.
Il y a **2** carnivores, le 4e chiffre du code est donc **2**.

Réponse B.
Le cadeau de Lily est celui avec le code 6432.

ENQUÊTE 11 • PAGES 24-25

1. Le soir, **mon père** jouait de la balalaïka tandis que **ma mère** me racontait des histoires au coin du feu. **Les enfants** avaient très peur de Baba Yaga, la sorcière. **Les matriochkas** trônaient au-dessus de la cheminée, renfermant un précieux bijou.

2. **Mon** mari est **français**. **Il** rêve de devenir **aviateur** ou **chanteur**. Moi, j'aimerais devenir **cavalière** ou **joueuse** de tennis. Mais je dois faire attention à toujours garder précieusement ces matriochkas pour être **heureuse**. Je les cacherai dans un petit coffre.

3. **100** + **500** + **1 000** + **48** + **60** + **7** = **1 715**

4. **Droits :** exprimer son opinion ; être soigné ; vivre avec sa famille ; être protégé ; être éduqué ; vivre dans un environnement sain.
Devoirs : respecter les autres ; être poli ; réparer les dommages causés aux autres ; respecter l'environnement.

Réponse B.
Le trésor est un collier.

ENQUÊTE 12 • PAGES 26-27

1. 11 h 30 : montre **1** ; 19 h 00 : montre **5**.

2. La statue a des mains **géantes**. Elle a des pics **pointus** qui sortent de sa couronne. Son nez est aussi **grand** que moi. Elle a une tête **grise** et des yeux **ronds** qui regardent vers l'océan.
Quel **merveilleux** spectacle !

3. On voit la mer depuis cette **pièce** : **endroit**.
Sur la gauche, il y a un livre qui parle de Roméo et Juliette, c'est une **pièce** de théâtre : **œuvre**.
Sur une table, il y a cinq petites **pièces** de 1 centime et un trousseau de clés : **monnaie**.
Sur une petite porte, il y a une **pièce** de puzzle collée : **morceau**.

4. La Garonne se jette dans l'**océan Atlantique**.
Le Rhône se jette dans la **mer Méditerranée**.
La Seine se jette dans la **Manche**. La Loire se jette dans l'**océan Atlantique**.

Réponse A.
Il s'agit de la clé portant l'étiquette « Atlantique ».

ENQUÊTE 13 • PAGES 28-29

1. — John, notre père, nous a dit ce matin :
« Après quelques heures de marche sur ce sentier, vous **parviendrez** au centre de la forêt. Des animaux dangereux **seront** toujours près de vous ; ils vous **feront** peur. Quand **viendra** la nuit, vous **devrez** toujours avoir un œil ouvert, car les serpents et les araignées **sortiront**. »

2. 1) un insecte qui vole ; 2) des serpents qui rampent ; 3) une souris cachée dans un buisson ; 4) des hérissons piquants ; 5) des moustiques géants ; 6) des araignées qui tissent leurs toiles.

3. 1) Le **périmètre** du cercle ; 2) Le **centre** du cercle ; 3) Le **diamètre** du cercle ; 4) Le **rayon** du cercle.

4. John is my father **(père)**. I have two children: a son **(fils)** Mick and a daughter **(fille)** Lucy. The name of my mother **(mère)** is Beth. My sister **(sœur)** is Suzy.

Réponse A.
Il s'agit bien de Peter, puisque Suzy est sa sœur ! Elle va être ravie de le retrouver.

ENQUÊTE 14 • PAGES 30-31

1. Grimpez au sommet, et soyez les premiers. À travers ces montagnes emblématiques, ne passez pas trop longtemps à chercher votre chemin. Pour commencer, empruntez le sentier des Pommes, observez les chamois et ne vous perdez pas.

2. Lily et Tom : **1 112** m ; équipe 2 : **1 171** m ; équipe 3 : **2 002** m. **Lily et Tom sont en tête.**

3. Les propositions correctes sont : I, R, O, D, T, E. Les lettres récoltées permettent d'écrire le mot **DROITE**.

4. Je **suis** le gardien et il me **faut** un mot de passe. Pour le découvrir, je vous **pose** cette question. Sur notre belle montagne, quel animal **pouvez**-vous rencontrer ? Le chamois, le lama ou le toucan ?
Si vous ne **savez** pas, attendez cinq minutes et je vous poserai une autre question.

Réponse C.
Le mot de passe est CHAMOIS.

ENQUÊTE 15 • PAGES 32-33

1. Je suis allé me baigner et il y **avait** de grosses vagues. Ensuite, j'ai posé mon casque, pendant que je **construisais** un beau château fort de sable ! J'**étais** là-bas, près du drapeau avec 4 triangles à côté d'un tout petit panneau "port à 3 mètres". Dites, je me **demandais**... Et si vous m'**aidiez** ?

2. 1) carré composé de 2 rectangles ; 2) carré composé de 1 losange et de 4 triangles ; 3) carré composé de 2 triangles ; 4) carré composé de 4 carrés.

3. Panneau 1 : Petit port à deux mètres
Panneau 2 : Petit port à trois mètres
Panneau 3 : Petit port à sept mètres
Panneau 4 : Petit port à cent mètres

Le bon panneau est le panneau **2**.

4. Cape : **3** ; bouclier : **6** ; lance : **1** ; hache ou francisque : **4** ; épée : **5** ; casque : **2**.

Réponse B.
La visite aura lieu au musée.

ENQUÊTE 16 • PAGES 34-35

1. Au bout d'**une** heure de marche, nous avons vu **un** héron qui survolait **le** sentier. Puis nous avons croisé **un** goéland et **une** oie cendrée.
La faune de **la** baie est incroyablement riche et variée. Nous avons traversé **des** chemins vaseux et eu **la** chance d'apercevoir **un** phoque !

2. 8 × 9 = **72** radis ; 4 × 50 = **200** cl d'eau ; 6 × 6 = **36** biscuits.

3. Bienvenue dans la baie aux Merveilles. Ici, les animaux sont rois et les oiseaux maîtres des airs. Ouvrez les yeux et les oreilles, et suivez les croix jusqu'à la cabane du Vieux Chêne.

4. morse : vivipare = **5** ; canard : ovipare = **7** ; lapin : vivipare = **0** ; goéland : ovipare = **9**.

Réponse B.
Le code pour ouvrir la cabane est 5709.

ENQUÊTE 17 • PAGES 36-37

1. Pendant l'Antiquité, la dune était un lieu de vie incontournable. Les habitants **allaient** régulièrement, par un petit passage gardé secret, à son sommet pour se retrouver. Ils **faisaient** des cérémonies et des fêtes. Ils **disaient** des prières, **chantaient** et **dansaient** sous la lune autour d'un précieux trésor. Aujourd'hui, personne ne sait où se trouve le trésor.

2. spmetgnol : **longtemps** ; srohed : **dehors** ; siamaj : **jamais** ; tôtissua : **aussitôt** ; iciov : **voici**.
Le premier mot dans l'ordre alphabétique est AUSSITÔT (initiale A), c'est donc le **chemin A** qu'il faut suivre.

3. Cette année : 27 × 12 = **324** ; l'année précédente : 33 × 11 = **363** ; l'année d'avant : 18 × 44 = **792**.
324 + 363 + 792 = **1479** personnes ont gravi la dune Koa.

4. 1) Arc de triomphe = Monument pour célébrer les victoires militaires ; 2) Aqueduc = Monument servant au transport de l'eau ; 3) Thermes = Lieux publics pour se baigner ; 4) Arène = Lieu où se déroulaient des combats et des courses de taureaux.

Réponse B.
Le trésor se trouve au centre du vestige de forme circulaire.

ENQUÊTE 18 • PAGES 38-39

1. Tom, tu **prendras** bientôt le train de retour pour la maison. Tu **diras** au revoir à ta cousine Lily et lui **feras** un bisou de ma part. Mais rassure-toi, vous **pourrez** vous revoir bientôt pour les prochaines vacances. Vous **verrez** des paysages magnifiques et ne **voudrez** plus repartir. Nous **viendrons** avec vous, mais avant cela vous allez devoir résoudre ces énigmes pour découvrir le lieu et la date.

2. Chaque année est composée de : **12 mois**, **52 semaines** et **365 ou 366 jours**.
Chaque mois compte **30 ou 31 jours**.
Sauf le mois de **février qui compte 28 ou 29 jours**.
L'intrus, et donc l'indice, est **AVRIL**.

3. État solide : glaçons ; banquise.
État liquide : rivière ; océan ; lac.
État gazeux : vapeur d'eau.
Il y a trois réponses rouges, l'indice est donc **3**.

4. Son [j] : neige ; luge ; télésiège ; patinage.
Son [g] : gant ; glisser ; cagoule ; verglas.
L'indice est **montagne**.

Réponse C.
Tom et Lily iront à la montagne, le 3 avril.

ENQUÊTE 19 • PAGES 40-41

1. J'étais dans le port de La Rochelle, hier soir. J'avais pêché du poisson, grâce à mon filet. Je me suis couché dans le bateau. À mon réveil, j'étais échoué sur les rochers. J'ai tenté de vous contacter, en utilisant ma radio, mais elle est cassée. J'ai besoin d'aide.

2. **cube** : 6 faces ; **cylindre** : 3 faces ; **pyramide** : 5 faces ; **pavé droit** : 6 faces.

3. Les mots qui n'entrent pas dans le champ lexical de la mer sont : colline, marmotte, feuille et planète.

4. climat océanique | climat continental | climat montagnard | climat méditerranéen

Réponse A.
Le pêcheur est né à Marseille.

ENQUÊTE 20 • PAGES 42-43

1. 7 pairs of socks = 7 paires de chaussettes

3 pants = 3 pantalons

2 pairs of shoes = 2 paires de chaussures

5 shirts = 5 chemises

7 + 3 + 2 = 12. Le 1er chiffre est **12**.

2. « Ces vacances **ont été** merveilleuses ! Nous **avons fait** des choses incroyables. Mon plus beau souvenir restera la découverte de l'épave du capitaine Barborange. Mais j'**ai aimé** aussi la visite du phare et la rencontre avec le perroquet. Tu **as** bien **mérité** sa plume. J'**ai adoré** résoudre toutes ces énigmes avec toi. À très bientôt pour de nouvelles aventures. Lily »

Il y a cinq verbes conjugués au passé composé.
Le 2e chiffre est **5**.

3. « **Ces** lignes te donneront le dernier chiffre. **C'est** un 2 ou un 3. Grâce à **ces** indices, tu vas pouvoir ouvrir cette valise. Dans **ses** poches intérieures, j'ai laissé un cadeau. Ouvre-la vite pour découvrir ce que **c'est**. On **s'est** bien amusés pour l'obtenir. »
Il y a **2** « ces », le 3e chiffre est **2**.

4. 12 × 5 × 2 = **120**.

5. La combinaison est **201**.

Réponse C.
Lily lui a laissé en souvenir la plume de perroquet !